Sonja Bullen

1000 Gefahren auf dem Tierhof

Sonja Bullen fühlt sich seit frühester Kindheit zu Büchern hingezogen, findet in ihnen Entspannung, Trost und gute Laune. Nun ist sie selbst Autorin, hat bisher diverse Mädchenbücher verfasst und freut sich jeden Tag darüber. Sie wohnt mit ihrem Mann, ihren beiden Kindern und einer treuen Labradorhündin in der Nähe von Bremen.

Sonja Bullen

1000 Gefahren
auf dem Tierhof

Mit Illustrationen von Carolin Liepins

Ravensburger

Bibliografische Information der Deutschen Nationalbibliothek:
Die Deutsche Nationalbibliothek verzeichnet diese Publikation in der Deutschen Nationalbibliografie. Detaillierte bibliografische Daten sind im Internet auf www.dnb.de abrufbar.

MIX
Papier aus verantwortungsvollen Quellen
FSC® C111262
FSC
www.fsc.org

Erstmals erschienen 2016 bei Ravensburger
unter dem Titel „1000 Gefühle,
Band 2: Liebesalarm auf dem Tierhof"

1 2 3 4 5 E D C B A

Ungekürzte Ausgabe

Cover- und Innenillustrationen: Carolin Liepins

Printed in Germany
ISBN 978-3-473-52621-5
www.ravensburger.de

Willkommen in der Achterbahn der Gefühle!

Folge den Anweisungen
der Entscheidungsmöglichkeiten
um zu erfahren, wie
die Geschichte weitergeht.

Viel Spaß!

Der Neue

„Nicht so stürmisch, Flip!" Emma kicherte. „Du bekommst deine Flasche, sobald ich mit Flop fertig bin."

Die beiden Lämmer, die seit zwei Wochen in der *Arche für Tiere in Not* wohnten, waren *so* ungeduldig! Sobald Emma mit der Milchflasche auch nur in ihre Nähe kam, stürmten sie unbeholfen auf sie zu. Doch Emma war froh, dass sie endlich über den Berg waren. Eine Zeit lang hatte es nicht gut ausgesehen.
Zu sehen, wie gut es den kleinen Lämmern jetzt wieder ging, erfüllte Emma mit unglaublicher Freude. Sie liebte ihre Arbeit auf dem Tierhof. An Tagen wie heute noch mehr als sonst.
Flop schmatzte so laut, dass Emma gar nicht bemerkte, wie Frau Butenloh in den Stall kam.

„Hallo, Emma", sagte die Leiterin der Arche.
Emma sah sich zu ihr um.
„Den beiden geht es wirklich prima!" Frau Butenloh lächelte und nickte mit dem Kopf in Richtung Flip und Flop. „Das hätte ich nicht gedacht. Das haben die Kleinen dir zu verdanken! Du hast ja auch wirklich jede freie Minute hier verbracht in letzter Zeit."

„Danke", antwortete Emma und wurde rot. Sie fühlte sich geehrt. Frau Butenloh gehörte zu den nettesten Personen, die sie kannte. Sie wohnte in einem kleinen Holzhaus mitten auf dem Gelände der *Arche für Tiere in Not*. Als Emma vor einem Jahr davon gelesen hatte, dass der Hof ehrenamtliche Helfer suchte, war sie sofort Feuer und Flamme gewesen.
„Ich muss später noch etwas mit allen Helfern besprechen.

Ich rufe euch dann, okay? Heute kommt übrigens der Neue. Er heißt Leon. Ach, und denkst du bitte daran, das Wasser für die Kaninchen auszuwechseln?"
„Schon passiert." Emma grinste fröhlich.
„Hätte ich mir ja denken können." Frau Butenloh lächelte erneut. „Danke. Also, bis später!", sagte sie und verließ den Stall.
„Oh, du bist ja früh dran, toll!", hörte Emma sie vor der Tür sagen. Eine Jungenstimme antwortete ihr, aber es war nicht die von Jakob. Die hätte sie sofort erkannt. Jakob arbeitete auch auf dem Hof, war allerdings heute bei den Pferden eingeteilt. Also musste es Leon sein. Der Neue.
„Schau dich einfach ein bisschen um", sagte Frau Butenloh jetzt. „Vielleicht könntest du Emma bei ihren Aufgaben helfen, frag sie doch mal. Sie ist da drinnen bei den Lämmern."
Ein blonder Junge schlenderte lässig in den Stall. Er war schlank, groß und seine Augen waren blau wie das Meer.
Emma, die gerade Flip die Flasche gab, während Flop sich an sie kuschelte, spürte, wie ihr die Wärme in die Wangen stieg. Hoffentlich würde sie sich nicht gleich blamieren. Mit Tieren konnte sie wunderbar umgehen. Mit Jungs? Na ja, da war sie eher unbeholfen.
„Hey!", begrüßte Leon sie und beugte sich über die halbhohe Stallwand. „Wow, das sieht ja aus wie im Bilderbuch."
„Hi", murmelte Emma verlegen. Mehr fiel ihr nicht ein.
Flip schmatzte fröhlich vor sich hin.

„Ich sollte eigentlich erst nächste Woche hier anfangen", sagte Leon. „Aber morgen kommt wohl eine große Fuhre Tiere rein und deshalb hat Frau Butenloh gefragt, ob ich nicht schon heute beginnen kann. Da konnte ich natürlich nicht Nein sagen."

„Ach so", brachte Emma hervor.

Wieder Schweigen. Flips Schmatzen war das einzige Geräusch, das den Stall erfüllte.

„Du bist also Emma?", fragte Leon nach einer Weile.

„Ja, genau."

Sie schaute zu Leon und passte einen Moment lang nicht auf. Flip stieß Emma die Flasche aus der Hand und sabberte sie mit Milch voll. Leon verzog kurz das Gesicht, fing sich aber schnell wieder.

„Ein bisschen wild sind sie ja", sagte er. „Aber echt süß, die Kleinen!"

„Ja, nicht? Willst du sie mal streicheln?", fragte Emma zögerlich.

„Ach, nö, die kennen mich ja noch gar nicht. Vielleicht beim nächsten Mal. Darf ich dir aber noch ein bisschen bei deiner Arbeit zusehen? So lerne ich den Hof am besten kennen."

Leon strahlte über das ganze Gesicht. Seine meerblauen Augen glänzten.

Emma versuchte, ihn nicht anzustarren.

„Ja, warum nicht?" Sie nahm die Flaschen mit und schloss sorgfältig die Stalltür hinter sich. „Als Nächstes sind die Esel

dran. Die haben so eine Art innere Uhr. Wenn man zu spät zum Füttern kommt, schreien die hier alles zusammen."

Leon trottete neben Emma her und warf ihr immer wieder verstohlene Blicke zu.

Als die beiden um die Ecke bogen, hoben die Zwergesel die Köpfe. Sofort stimmten sie ein ohrenbetäubendes I-a-Konzert an.

Emma grinste. „Na, freut ihr euch?"

„Wie können denn so kleine Tiere so laute Geräusche machen?", schrie Leon gegen das Eselgetöse an.

„Die hören gleich wieder auf."

Emma ging in einen kleinen Schuppen neben der Koppel

und holte eine Schubkarre voll frischem Heu. Sobald sie den Futterberg im Gehege abgeladen hatte, verstummten die Esel und machten sich darüber her.

„Viel besser!" Leon seufzte erleichtert.

„Wir brauchen einfach mehr Weideplatz", erklärte Emma. „Frau Butenloh ist immer noch in Verhandlung mit den Nachbarn. Wenn wir genug Spendengelder zusammenhaben, können wir denen ein bisschen Fläche abkaufen."

Leon musterte Emma mit einem durchdringenden Blick. „Toll, wenn sich jemand so engagiert und dabei auch noch so süß aussieht."

Wie bitte?!?

Emma schoss die Hitze ins Gesicht. Leon war gerade mal seit zehn Minuten auf dem Hof. Der konnte doch nicht direkt anfangen zu flirten!

Sie räusperte sich nervös. „Ja, also ... dann gehen wir jetzt am besten zu den Schweinen."

Leon folgte Emma, doch dieses Mal blieb er ein bisschen zurück. Der Sommerregen am Tag zuvor hatte den Boden aufgeweicht und er musste einen Ausweich-Parcours um die vielen Pfützen hinlegen.

Emma fiel auf, dass seine Jeans nagelneu aussah. Dazu trug er Turnschuhe, die entweder ebenfalls neu oder sehr gut geputzt waren, sowie ein hellblaues Shirt, das auch nicht gerade für die Arbeit auf einem Tierhof geeignet war. Leon würde schnell merken, dass er das nächste Mal besser seine

ältesten Klamotten anziehen sollte. Sauber blieb man hier eigentlich nie.
In ihren Gummistiefeln marschierte Emma schnurstracks zu den Hängebauchschweinen, die genussvoll mit ihren Schnauzen durch die Erde furchten. In einer großen Erdkuhle räkelten sich ein paar Sattelschweine.
„Kriegen die jetzt auch was zu fressen?", fragte Leon.
„Nee, die sind schon versorgt, aber ich muss nach Lela sehen. Ihre Vorderklauen waren verletzt und die Tierärztin hat da was an den Hornballen gemacht. Heute humpelt sie kaum noch, das ist großartig!"
Emma sah erwartungsvoll zu Leon, doch anstatt sich über die tollen Schweine-News zu freuen, stellte er sich einfach ein Stückchen näher an sie heran. Emma rückte automatisch etwas von ihm ab. Ihr Gesicht fühlte sich heiß an. Was dachte der sich eigentlich? Stand da so gutaussehend rum und machte ihr Komplimente. Leon könnte sich ruhig mehr für das interessieren, was auf dem Hof vor sich ging.
Emma warf ihm einen unauffälligen Seitenblick zu. Jedenfalls hoffte sie, dass er unauffällig war. Auf Leons Wange war ein Grübchen entstanden, das wie ein kleines Herz geformt war. Reiß dich zusammen!, ermahnte sich Emma und versuchte, sich auf die Schweine zu konzentrieren. Aber von denen konnte keines so süß lächeln wie Leon, das musste sie zugeben.
Plötzlich tauchte Jakob neben Emma und Leon auf. Er karrte

einen großen Haufen Mist in einer Schubkarre vor sich her. Jakob hielt so abrupt an, dass ein bisschen Mist von der Schubkarre rutschte und auf Leons Schuh spritzte.

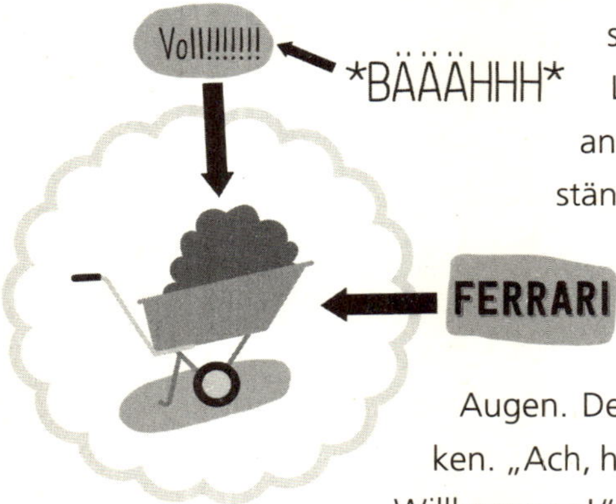

Leon starrte seinen Schuh angeekelt an, bevor er umständlich versuchte, den Mist wegzukicken. Dann sah er auf und musterte Jakob aus schmalen Augen. Der ließ sich nichts anmerken. „Ach, hi, du bist der Neue, oder? Willkommen!“, sagte er.

Emma sah ihn verwundert an, denn Jakobs Begrüßung klang gezwungen und aufgesetzt. Dabei war Jakob normalerweise zu jedem freundlich und offen.

„Ja, ich bin der Neue“, antwortete Leon. „Eine ganz schön schnelle Schubkarre hast du da …“

„Na ja, wenn die so beladen ist, kann man sie nicht mehr so leicht lenken. Sorry“, entgegnete Jakob und versuchte, nicht zu grinsen.

Ob er Emma und Leon schon eine Weile beobachtet hatte?

„Hey, super!“, wechselte Jakob das Thema und stellte sich neben Emma. „Leila humpelt ja kaum noch!“

„Ja, ist das nicht toll? Ich hoffe, dass es ihr ab jetzt wieder besser geht. Ich finde, sie sieht schon viel glücklicher aus.“

Emma lächelte Jakob an und sah aus dem Augenwinkel, wie Leon eine Braue hochzog.

„Ihr Lieben, kommt ihr mal bitte zur Hütte?", schallte in diesem Moment Frau Butenlohs Stimme über den Hof.

Emma und Jakob setzten sich in Bewegung, Leon folgte ihnen. Die „Hütte" war ein kleines Holzhäuschen, das genauso bunt angestrichen war wie Pippi Langstrumpfs Villa. Es hatte zwei Räume: Frau Butenlohs Büro und einen Mitarbeiterraum, in dem die Helfer ihre Pausen verbringen und sich in den Wintermonaten auch aufwärmen konnten.

Neben der Hütte wohnte Gisbert, der Ziegenbock. Er war im Grunde sehr freundlich, konnte aber manchmal ein richtiger Griesgram sein. Da die Hütte zu dem Bereich gehörte, in dem Gisbert Freilauf hatte, stolzierte der Ziegenbock oft vor dem Holzhäuschen auf und ab. Emma und Jakob wussten, dass sie Gisbert besser ausweichen sollten, wenn er schlecht gelaunt war. Leon war nicht darauf vorbereitet, dass Gisbert seine Hörner nach

ihm stoßen würde. Er erschreckte sich so sehr, dass er zur Seite sprang.

Platsch!

Leon war mit einem Fuß mitten in einer Riesenpfütze gelandet. Dieses Mal war es Jakob, der die Augenbrauen hochzog und Leon musterte. Dabei blitzten seine braunen Augen spöttisch.

Leon versuchte, sich nichts anmerken zu lassen, schüttelte so lässig wie möglich sein Bein und folgte den anderen ins Büro.

Frau Butenloh saß hinter ihrem Schreibtisch, dem ein alter Sessel und ein kleines Sofa gegenüberstanden.

„Setzt euch, wir müssen etwas besprechen", sagte sie freundlich.

Emma nahm auf dem Sofa Platz und Jakob gesellte sich sofort zu ihr. Leon, der nasse Fußtritte auf dem Boden hinterließ, ließ sich mit säuerlicher Miene auf dem Sessel nieder.

„Also", setzte Frau Butenloh an, „heute und morgen wird es hier eine Menge für uns zu tun geben. Ich meine, noch mehr als sonst. Ich hoffe, ich kann auf euch zählen!"

„Na klar!" Emma war schon richtig gespannt.

Auch Jakob nickte zustimmend, während Leon eher verhalten wirkte.

„Wir müssen nur noch kurz auf Melina warten. Sie wollte eigentlich schon hier sein. Aber es ist toll, dass sie extra herkommt, schließlich ist sie für heute gar nicht eingeteilt."

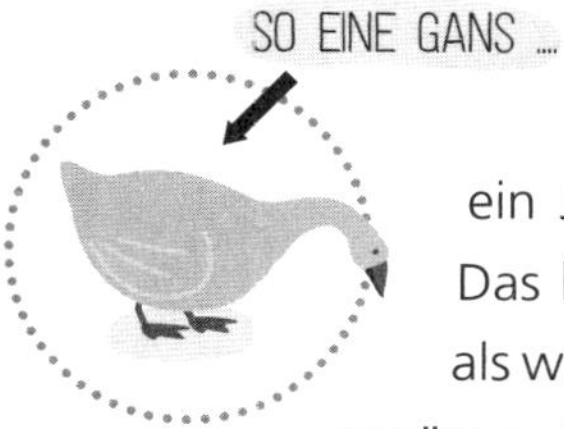

Emma spürte, wie sich ihr Kiefer verkrampfte. Melina arbeitete schon ein Jahr länger für die Arche als Emma. Das ließ sie auch gerne raushängen. Und als würde ihre Arroganz auf dem Hof nicht genügen, begegnete Emma ihr auch noch ständig in der Schule. Melina war in Emmas Parallelklasse und machte keinen Hehl daraus, dass sie Emma nicht leiden konnte. Und das nur, weil mal irgend so ein Typ auf Emma stand, hinter dem eigentlich Melina her war.

Irgendwie hatten die beiden trotzdem einen Weg gefunden, auf dem Hof miteinander auszukommen. Schließlich verfolgten sie ja dasselbe Ziel: für Tiere da zu sein, die es bisher alles andere als leicht hatten.

Frau Butenloh tippte gerade etwas in ihren PC, als vor der Hütte eine Bremse quietschte.

„Mann, Gisbert, bist du heute wieder mies drauf!", schimpfte eine Mädchenstimme.

Melina kam so schwungvoll ins Büro gestürmt, dass ihr blonder Zopf hin- und herwippte. Emma war total neidisch auf Melinas glatte, blonde Haare. Ihre eigenen braunen Locken ließen sich meistens nur schwer bändigen.

„Hallo!" rief Melina zur Begrüßung. Sie sah aus, als erwartete sie, dass nun alle aufspringen und einen Knicks zu ihren Ehren machen würden.

Melinas Blick blieb sofort an Leon hängen.

„Hi! Du musst der Neue sein!“ Sie ging schnurstracks auf ihn zu. Ohne zu zögern, setzte sie sich auf die Lehne seines Sessels.
Leons Wangen färbten sich rosa. Er musterte Melina von der Seite, dann schweifte sein Blick unauffällig zu Emma.
„Ihr Lieben, wunderbar, dass wir nun vollzählig sind“, sagte Frau Butenloh. „Also, wie ich eben schon gesagt habe, morgen kommen einige neue Tiere auf den Hof. Vier Kühe und drei Ponys. Eigentlich haben wir nicht genug Platz, aber ich musste schnell reagieren. Die Kühe werden nur übergangsweise bei uns bleiben. Ich habe schon mit Hof LiebesLand telefoniert. Denen wurde eine neue Weide gespendet, auf der in den nächsten Wochen allerdings noch die Rinder des Bauern stehen.“
Emma schluckte. „Wo haben die Kühe und Ponys denn bisher gelebt?“
Frau Butenlohs Gesichtsausdruck verfinsterte sich. „Auf dem Hof eines alten Mannes. Er hat die viele Arbeit nicht mehr allein geschafft, wollte sich aber auch nicht helfen lassen oder die Tiere abgeben. Die hatten dort nie Auslauf, nicht genügend frisches Wasser und Futter. Eine Nachbarin hat irgendwann das Veterinäramt gerufen, die haben die Tiere ganz abgemagert vorgefunden. Sie sind fast in ihrem eigenen Dreck versunken. Ein schrecklicher Anblick.“

Bedrücktes Schweigen erfüllte die Hütte.
„Aber jetzt geht es ja bergauf", fuhr Frau Butenloh fort. „Ich dachte, dass die Esel ein Stück von ihrer Koppel für die Ponys abgeben könnten. Wir müssten nur den Zaun vorbereiten, einen Offenstall haben wir ja sowieso übrig. Und die Kühe … die müssten vorerst in den Stall, da haben wir zurzeit drei freie Boxen übrig. Nach und nach können wir sie dann an die Weide gewöhnen."
Emma nahmen solche Geschichten immer sehr mit. Umso besser war das Gefühl, den Tieren helfen zu können.
Frau Butenloh richtete sich in ihrem Stuhl auf und ließ ihren Blick von einem zum anderen wandern.
„Ich möchte euch bitten, euch in zwei Teams aufzuteilen. Eins kümmert sich um die Kühe, das andere um die Ponys. So können wir ganz gezielt Aufgaben verteilen."
Emma, die in Gedanken schon ein Team mit Jakob bildete, bemerkte, wie ein Ruck durch Leon ging.
„Ich möchte gerne mit Emma in einem Team sein", sagte er. „Sie hat mich vorhin schon so nett rumgeführt."
Er zwinkerte Emma zu.
Jakob und Melina sahen Emma stirnrunzelnd an.
Ihr Herzschlag beschleunigte sich. Was sollte sie tun? Jakob war ihr Freund und sie hatten als

eingespieltes Team schon so manche Herausforderung auf dem Hof gemeistert. Und Leon? Der war ein bisschen unverschämt, aber irgendwie auch süß. Außerdem war er ganz neu und Emma wollte ihm eine Chance geben. Wenn er sich nicht für Tiere interessieren würde, wäre er doch nicht hier. Oder?

Wenn du findest, dass Emma auf Leons Wunsch eingehen und mit ihm ein Team bilden sollte, lies weiter auf Seite 30.

Wenn du möchtest, dass Emma sich lieber mit Jakob zusammentut, lies weiter auf Seite 97.

Emma, die Pferdeflüsterin

Emma stand auf.
„Ich komme!“, rief sie Jakob zu, der sich umgehend auf den Rückweg machte.
Dann lächelte sie Leon an. „Die Antwort ist *Ja*“, flüsterte sie ihm im Vorbeigehen zu und wunderte sich über sich selbst.
Leon grinste von einem Ohr zum anderen. Er wirkte, als könne er sein Glück kaum fassen.
„Na, wie läuft es?“, fragte Jakob, als Emma ihn eingeholt hatte. Sein Tonfall war schwer zu deuten.
„So weit, so gut“, antwortete sie ausweichend. „Die Kühe haben sich noch nicht vom Hänger getraut. Und bei euch?“
„Eins der Ponys traut sich ebenfalls nicht. Eigentlich ist Melina ja ein Pferdenarr, aber du hast doch so ein gutes Händchen für Pferde. Selbst Frau Butenloh konnten den Kleinen nicht überreden.“

„Ich versuch's!", rief Emma fröhlich und einen Moment lang fühlte sich zwischen ihr und Jakob wieder alles so an wie immer.

Sie bemerkte, dass Frau Butenloh und Melina sich um die beiden unruhigen Isländer kümmerten, die sich schon ins Freie gewagt hatten.

Als Emma sich dem Pferdehänger näherte, sah sie, dass sich das dritte Pony mit geblähten Nüstern an die Wand presste. Sie ging vorsichtig auf den kleinen Burschen zu und redete beruhigend auf ihn ein. Am liebsten hätte Emma ihre Hände in sein langes Fell versenkt, doch vorerst hielt sie respektvoll Abstand.

Das Pony hob den Kopf und schien Emma zuzuhören. Sie holte einige Pferdeleckerli heraus, die sie eigentlich immer in der Hosentasche hatte, und hielt sie ihm behutsam entgegen. Das Minipony wieherte leise und kam einen Schritt auf Emma zu, dann noch einen, bis sein winziges, weiches Maul Emmas Hand berührte und sich die Leckerli schnappte.

Emma holte noch mehr aus ihrer Tasche und ging einen Schritt zurück. Sie

stand jetzt auf der Laderampe. Wieder folgte ihr das Pony, bis die beiden irgendwann unten angekommen waren.
Der Kleine schritt hinter ihr her, bis sie bei seinen Freunden angekommen waren. Die standen noch immer etwas verloren auf ihrer neuen Koppel und begutachteten misstrauisch die Esel nebenan.
Jakob kam lächelnd zu Emma herüber. „Klasse gemacht!"
„Emma, kommst du mal bitte?" Leon hatte seinen Kopf aus dem Stall gestreckt. „Ich glaube, es geht los!", rief er.
Jakobs Lächeln verschwand. „Ich geh dann mal", informierte er Emma. „Bis später."
Auf halbem Weg zum Stall drehte sie sich noch einmal um und erkannte, dass Jakob ihr traurig hinterherblickte.  Sie versuchte krampfhaft, sich auf die Tiere zu konzentrieren.
In der Stallgasse lief bereits eine Kuh herum. Leon war etwas blass.
„Wie soll ich der denn jetzt erzählen, wo sie hingehen soll?", fragte er hilflos.
Emma ging sanft, aber entschlossen auf die Kuh zu und trieb sie liebevoll in die für sie vorgesehene Box. Schnell schloss sie die Tür. Sobald die Kuh ihr geräumiges Lager betreten hatte, muhte sie und schnüffelte am Stroh.
Nun, da eine den Anfang gemacht hatte, folgten auch die anderen Kühe. Schnell waren die geschwächten Rinder untergebracht. Sie legten sich in ihren Boxen hin und kauten gemächlich das bereitgelegte Heu.

Leon rieb unruhig seine Hände aneinander. „So, das wäre geschafft." Als Emma nicht antwortete, sondern nur weiterhin ihre Schützlinge beobachtete, fuhr er fort: „Wo waren wir stehengeblieben? Ach ja! Du gehst also mit mir Eis essen?" Er grinste.

Emma sah ihn an und versuchte, beiläufig zu klingen. „Ja, warum nicht?"

„Wie wäre es dann am Samstag, vielleicht so um vier bei *Gelato e Caffè* in der Fußgängerzone?", hakte Leon nach.

„Einverstanden."

Bis Samstag musste Emma immer wieder an Jakob und seinen traurigen Blick denken und dass sie nicht mit ihm über die komischen Situationen zwischen ihnen geredet hatte. Aber auch an Leon, der sie ins Café eingeladen hatte. Sie fand ihn süß, konnte ihn aber noch nicht so richtig einschätzen. Und sie war noch immer von sich selbst überrascht. Wie hatte er es geschafft, dass sie so einfach zugestimmt hatte?

Für das Treffen mit Leon zog sie ihre neue lavendelfarbene Bluse an. Sie machte sich pünktlich auf den Weg und in ihrem Bauch machte sich ein Kribbeln breit. Wenn sie doch bloß wüsste, worauf sie sich einstellen sollte! Emma hatte sich noch nie mit einem Jungen getroffen, den sie erst so kurz kannte.

Während sie ihr Fahrrad anschloss, hörte sie hinter sich Leons Stimme.
„Hallo!", begrüßte er sie.
Sie zog den Schlüssel ab und drehte sich zu ihm um. „Hallo!"
„Du siehst toll aus", sagte Leon, als wäre es das Normalste der Welt, das direkt nach der Begrüßung rauszuhauen. Leon sah mit seiner dunklen Jeans und einem hellen, engen Shirt auch super aus, aber das würde sie ihm doch nicht sofort auf die Nase binden!
„Oh, ja, also, danke!", stammelte sie. „Ähm … Wollen wir rein?"
„Klar!" Leon ging voraus und steuerte zielstrebig auf einen freien Tisch am Fenster zu. Schade, dass draußen alle Tische belegt waren, denn dort hätte sich Emma irgendwie freier gefühlt.

Sie vertiefte sich sofort in die Karte. Je unsicherer sie wurde, desto weniger konnte sie verstehen, dass sie mit Leon hier saß. Im Gegensatz zu ihr tat er so, als würden sie das häufiger machen. Immer wenn sich sein Herzgrübchen zeigte, pochte Emmas Herz schneller.

Bis die Bedienung die Eisbecher brachte, hatte Leon Emma schon einiges über sich verraten. Dass er gerne Basketball spielte. Und dass er gerne mal eine eigene Eissorte erfinden würde.

„Lakritz-Haselnuss-Minze zum Beispiel", bemerkte er genussvoll, während er sein Spaghetti-Eis genoss. „Was magst du denn am allerliebsten? Ich könnte dann ja auch eine nur für dich erfinden und sie nach dir benennen."

Emma musste grinsen. „Da bin ich eigentlich recht langweilig. Am besten schmecken mir immer noch Stracciatella und Vanille, und die gibt es schon."

Leon wandte seinen Blick nicht von Emmas Gesicht ab, Emma hingegen zählte die schwarzen Punkte in ihrem Vanilleeis. Wie sollte sie damit umgehen, wenn ein Junge sie so durchdringend ansah? Einerseits genoss sie es, andererseits gefiel es ihr nicht, dass sie weder ihren Herzschlag noch ihre Gesichtsfarbe unter Kontrolle hatte.

„Frau Butenloh ist echt total nett", brachte Leon das Gespräch wieder ins Rollen. „Ich finde es klasse, was sie da auf die Beine gestellt hat."

„Ja, das finde ich auch! Ich bewundere sie sehr. Und die Ar-

beit bei der Arche macht echt Spaß. Dir auch?", erkundigte sich Emma.

„Die Tage mit euch, also, vor allem mit dir, haben mir sehr gefallen." Leons dunkelblaue Augen funkelten.

„Ah, toll", war alles, was Emma antwortete, denn ihr Kopf gab einfach nicht mehr her als das, deshalb wandte sie sich auch lieber wieder den Vanillepunkten zu.

Es musste doch möglich sein, dass sie ihm auch einfach mal ein Kompliment machte! Sie legte sich in ihrem Kopf die Worte zurecht, aber so direkt wie ihm würde Emma das sowieso nicht gelingen. Dazu fehlte ihr die Übung. Ob Leon schon eine Menge Übung hatte? Gerade als Emma endlich bereit war, die Initiative zu übernehmen, klingelte Leons Handy, das auf dem Tisch lag. Er schnappte es sich sofort und schaute auf das Display.

„Sorry, da muss ich kurz ran!" Er stand auf und ging nach draußen. Mist. Ob er auch drangegangen wäre, wenn Emma ihre Schüchternheit einfach überwunden hätte? War er vielleicht schon gelangweilt? Oder war der Anruf einfach so wichtig? Und wer war das überhaupt, der oder die ihn angerufen hatte? Wenn es ein ganz normales Gespräch gewesen wäre, hätte Leon ja nicht rausgehen müssen.

Emma seufzte und beobachtete Leon durchs Fenster, der auf der anderen Straßenseite unter einem Baum stand und während des Telefonats die ganze Zeit vor sich hinlächelte. Emma hätte zu gerne gewusst, mit wem er sprach. Sie aß ihr Spaghetti-Eis auf und sah zu, wie Leons langsam schmolz.

Als sie das nächste Mal nach draußen blickte, war Leon verschwunden. Wo war er hingegangen? Und ganz ehrlich, das ging ja wohl gar nicht. Schließlich hatte er sie eingeladen!

Eine Bedienung erschien neben Emma. „Darf ich schon abräumen?"

Emma schob ihren eigenen Becher an den Rand des Tisches. „Ich bin fertig, aber den können Sie noch stehen lassen." Sie deutete auf Leons Eis.

Doch Leon tauchte nicht wieder auf. Nach zwanzig Minuten war neben seinem Eis, das nur noch eine undefinierbare

Suppe war, auch ihre Geduld geschmolzen. Emma wollte nicht einen Moment länger hierbleiben. Obwohl – es hatte doch echt nett angefangen … und wenn sie jetzt ging, konnte sie Leon auch nicht sofort ihre Meinung sagen. Trotzdem wollte sie sich nicht so behandeln lassen.
Emma seufzte und traf eine Entscheidung.

Wenn du möchtest, dass Emma ihr Eis selbst bezahlt und nach Hause geht, lies weiter auf Seite 39.

Wenn Emma doch noch abwarten soll, ob Leon wieder auftaucht, lies weiter auf Seite 61.

Tierische Gäste

Emma nickte Leon zu.

„Einverstanden", sagte sie.

Jakobs Augen weiteten sich. Melina nutzte die Situation sofort für sich. Sie quetschte sich zwischen Emma und Jakob aufs Sofa und knuffte ihm liebevoll in die Seite.

„Wir alten Hasen halten zusammen, oder, Jakob?" Sie wandte sich an Emma. „Und du, rutsch mal rüber zu *deinem* Teampartner."

Frau Butenloh strahlte.

„Wunderbar! Dann schlage ich vor, dass sich Emma und Leon um die Kühe kümmern und Melina und Jakob um die Ponys."

„Ja, das passt gut", entgegnete Melina schnippisch.

Diese Zicke, dachte Emma.
„Gut", schlug Frau Butenloh vor. „Geht doch schon mal vor, ich komme gleich jeweils zu euch und wir besprechen alles Weitere."
Jakob verließ das Büro, so schnell er konnte. Er drehte sich kurz um und warf Emma einen derart bitterbösen Blick zu, dass ihr das Herz in die Hose rutschte.
Leon hingegen lächelte Emma an.
„Na, dann wollen wir mal, oder? Am besten gibst du mir Rückendeckung, damit ich dieses Mal heil an dem kleinen Rambo da draußen vorbeikomme!"
Er lachte, doch Emma stimmte nicht mit ein. Sie ärgerte sich über Melina. Und über Jakob. *Besonders* über Jakob. Was war denn so schlimm daran, wenn sie mal nicht mit ihm zusammenarbeitete? In letzter Zeit war Jakob manchmal wirklich komisch.
Emma gab Leon ein Zeichen, ihr zu folgen.
„Ich geb dir einen Tipp wegen Gisbert", sagte sie. „Der kann Angst riechen wie ein Hund. Du musst ihm in die Augen schauen, dann lässt er dich in Ruhe."
Sie schmunzelte, denn Leon streckte die Brust raus und schritt erhobenen Hauptes an Gisbert vorbei. Dabei starrte er ihn durchdringend an.
Sie machten sich auf den Weg zum Stall. Um zu den freien Boxen zu kommen, mussten sie an den Lämmern vorbei.
„Guck mal!", rief Emma und zeigte auf Flip und Flop, die

sich auf ihrer Schmusedecke zufrieden aneinandergekuschelt hatten. „Wie süß." Sie holte ihr Handy hervor, um ein Foto zu machen.
„Die haben es gut", sagte Leon und lächelte.
Da waren sie wieder, seine Herzgrübchen. Schnell wandte Emma den Blick ab.
„Jetzt ja", hauchte sie verlegen. „Fast hätten sie es nicht geschafft."

„Oh", war alles, was Leon dazu einfiel.
Frau Butenloh kam in den Stall. Sie trug ihre bunten Gummistiefel, die immer ein bisschen quietschten.
„Also, ihr beiden. Ich fahre das Stroh mit dem Hoflader in die Stallgasse und ihr verteilt es in den freien Boxen, okay? Ihr könntet auch schon mal die Tränke vorbereiten." Frau Butenloh konnte jeden mit ihrer Tatkraft anstecken.
„Ist gut!", antwortete Leon strahlend.
Er krempelte schon mal vorsorglich die Ärmel hoch. Als Frau Butenloh das Stroh abgeladen hatte, verteilte er es mit der Heugabel so schwungvoll, dass Emma aufpassen musste,

nicht erstochen zu werden. Auf Leons Stirn hatten sich ein paar Schweißtropfen gebildet. Er warf Emma immer wieder ein Lächeln zu, während sie in der Box nebenan die Tränke vorbereitete.
Als alles erledigt war, sah Leon zufrieden aus. Frau Butenloh, die zwischendurch beim „Team Ponys" gewesen war, legte Leon einen Arm um die Schulter.
„Und, kommst du wieder? Gefällt es dir bei uns?", fragte sie.
Leons Blick flackerte zu Emma. „Na klar! Wie könnte es mir hier nicht gefallen!"
Zum Glück war Emmas Gesicht von der Arbeit bestimmt sowieso schon rot. Das hoffte sie zumindest. Leon schaffte es, dass sich ihr Herzschlag von jetzt auf gleich total beschleunigte.
Auf dem Weg zum Fahrradständer machten Leon und Emma noch einen Abstecher zu Jakob und Melina, um nachzusehen, ob sie noch Hilfe benötigten, doch auch sie waren für heute mit den Vorbereitungen fertig.
Jakob lief an Leon und Emma vorbei, ohne sie zu beachten, während Melina zur Hütte ging, um ihre Tasche aus dem Mitarbeiterraum zu holen.
Als Leon und Emma am Fahrradständer ankamen, hatte Jakob sein Fahrrad schon aufgeschlossen. Mit einem kurzen „Tschüss" schwang er sich auf seinen Sattel und brauste los.
„Hey!", rief Emma und lief ihm ein Stück hinterher.
Er bremste und drehte sich zu Emma um.

„Was ist denn eigentlich los?", wollte sie wissen.
In Jakobs Blick spiegelte sich eine Mischung aus Wut und Traurigkeit.

„Nichts. Bis morgen", antwortete er knapp.

Dann radelte er endgültig davon.

Emma kickte einen Stein vor sich her und schlurfte zu Leon zurück, der umständlich an seinem Fahrradschloss nestelte.

„Das war ein richtig schöner Tag heute", bemerkte er. „Mit dir."

Emma starrte ihn an. Anscheinend konnte Leon wie auf Knopfdruck seine Augen strahlen lassen. Sie wusste nicht, was sie sagen sollte, also schwieg sie.

Eigentlich wollte sie nur noch nach Hause und über alles, was heute passiert war, in Ruhe nachdenken.

„Ja, es war nett." Sie schloss ihr Fahrrad auf. „Bis morgen dann", rief Emma, bevor sie nach Hause fuhr und sich dort erst mal auf ihr Bett schmiss. Warum war Jakob in letzter Zeit so anders? Hatte sie etwas falsch gemacht? Seit sie sich kannten, verstanden sie sich echt gut. Obwohl Jakob ein Junge war, konnten sie ganz offen über alles Mögliche reden, außerdem lachten sie gerne zusammen und spendeten einander Trost, wenn es mal nicht so gut lief. Vor einer Weile zum Beispiel war die Hündin Amalia gestorben, dabei hatte es doch eigentlich so ausgesehen, als würde sie es schaffen. Amalia hätte bei Frau Butenloh ein neues Leben beginnen

sollen, aber in der darauffolgenden Woche war sie eingeschlafen und nicht mehr aufgewacht. Emma musste schrecklich weinen, als sie es erfahren hatte. Jakobs Augen hatten geglänzt und er hatte Emma lange in den Arm genommen.
Hatte Emma ihn nun verletzt, indem sie sich mit Leon zusammengetan hatte? Aber eigentlich war das lächerlich. Es war doch nur für diese eine Aktion. Außerdem konnten sie froh sein, dass sie mit Leon einen weiteren Helfer hatten. Trotzdem, Emma wollte Jakob nicht als Freund verlieren, deshalb würde sie ihn auf die Sache ansprechen, sobald sich eine Möglichkeit bot.

Am nächsten Tag erschien Leon in angemessenerer Kleidung. Er hatte vorsorglich alte Trekking-Stiefel angezogen, eine ausgewaschene Jeans und ein dunkles T-Shirt.
Leider ergab sich für Emma keine Gelegenheit, um allein mit Jakob zu sprechen, denn kurz nach Arbeitsbeginn fuhren die angekündigten Tiertransporter auf den Hof.

Frau Butenloh dirigierte den Hänger mit den Kühen so nah wie möglich an den Stall heran. Emma schloss die hintere Tür der Stallgasse und öffnete die Boxen für die Neuankömmlinge.
Doch als sich die Tür des

Hängers öffnete, kamen die Kühe nicht heraus. Sie drängten sich verängstigt an die hintere Wand und dachten gar nicht daran, ins Unbekannte zu laufen.
Emma zerbrach fast das Herz, als sie die Tiere sah. Sie waren in einem fürchterlichen Zustand, besonders eine sah aus, als würde sie jeden Moment zusammenklappen. Ihre Rippen zeichneten sich deutlich ab.
Frau Butenloh verstreute duftendes Heu von der Laderampe bis zu den Boxen. Zögerlich machte eine Kuh einen kleinen Schritt vorwärts und schnüffelte. Unentschlossen hob sie wieder den Kopf.
„Sie brauchen ein bisschen Zeit", erklärte Frau Butenloh. „Behaltet sie im Auge und ruft mich, sobald sich etwas tut. Ich schau mal eben, wie es bei den Ponys läuft."
Emma seufzte. Das konnte dauern. Wenn sie doch etwas tun könnte, damit die Kühe begriffen, dass sie jetzt in guten Händen waren.
Leon, der sich schon neben die Boxen gestellt und wohl gedacht hatte, dass die Kühe sofort rauslaufen würden, kam auf Emma zu.
„Die Armen", sagte er mit gedämpfter Stimme.
Emma war beeindruckt. Offenbar wollte er die Kühe nicht verschrecken.
„Wollen wir es uns ein bisschen bequem machen?", fuhr er fort. „Anscheinend können wir im Moment nichts tun, außer zu warten."

Leon setzte sich in der Nähe des Hängers auf den Boden, was Emma erstaunt beobachtete. Schließlich hatte er sich gestern ganz schön viel Mühe dabei gegeben, jedem Stückchen Dreck auszuweichen.
Emma ließ sich neben ihm nieder, achtete allerdings darauf, so viel Abstand zu halten, dass sie sich nicht berührten. Leon lehnte sich an die Stallwand von Betty und Aragorn, einem uralten Ziegenpärchen. Er streckte vorsichtig seine Hand zu Emma aus und entfernte ihr einen Strohhalm aus dem Haar. Dabei berührte er ganz leicht ihr Gesicht.
„Oh, danke", flüsterte Emma, weil sie schon wieder nicht wusste, was sie sonst sagen sollte.
„Ich habe gestern vom Hof und der Arbeit hier geträumt. Hat mich echt beeindruckt, das Ganze."
Im Hänger klapperte es. Eine Kuh war bis zur Rampe gegangen und begann, das dort ausgelegte Heu zu fressen. Es ging voran!
„Also, von dir hab ich auch geträumt, Emma. Hast du vielleicht am Wochenende Lust, mit mir Eis essen zu gehen? Ich würde dich gerne einladen."
Emma, die es unpassend fand, ihr in dieser Situation eine solche Frage zu stellen, runzelte die Stirn. Bevor sie antworten konnte, tauchte Jakob in der Stallgasse auf.
„Emma, könntest du uns kurz helfen?", wollte er wissen.
Emma blickte von Jakob zu Leon und wieder zurück.

Möchtest du, dass Emma auf Leons Einladung eingeht? Dann lies weiter auf Seite 21.

Oder sollte Emma Leons Angebot vorerst ablehnen, um in Ruhe zu überlegen, ob sie ihn treffen möchte? Dann lies weiter auf Seite 77.

Emmas sauguter Plan

Emma stand auf, ging zum Tresen und zog ihr Portemonnaie aus der Tasche. Sie wollte Leon nicht auch noch die Genugtuung geben, dass er sie zu dieser Demütigung eingeladen hatte.

Die Bedienung von eben zog die Augenbrauen hoch und sah Emma mitleidig an.

„Ich möchte gerne meinen Eisbecher bezahlen. Und den anderen können Sie wohl doch abräumen. Der wird noch bezahlt."

„Und von wem?"

Emma schluckte. „Von dem Jungen, mit dem ich eben … na ja, vor einer Weile … am Tisch saß. Sein Pullover hängt doch noch über seinem Stuhl."

„In Ordnung. Das macht dann fünf Euro zwanzig."

Emma biss sich auf die Lippe und kramte ihr letztes Kleingeld zusammen. Ihr fehlten fünf Cent. Verdammter Mist. Ausgerechnet heute! Wieder und wieder durchforstete sie ihr Kleingeldfach.

„Also, ähm, hier “, stotterte sie. „Leider fehlen ein paar Cent …“

Emma befürchtete, dass ihr Gesicht dem Rot des Stoppschilds an der Kreuzung vor dem Café Konkurrenz machte. An dieser Stelle überwog dann wohl das Mitleid der Bedienung.

„Stimmt so?“ antwortete sie, nahm das Geld entgegen und zwinkerte ihr zu.

„Tut mir leid“, murmelte Emma im Hinausgehen.

Wie oberpeinlich!

Zu Hause nahm sie erst mal ein Bad, um abzuschalten und das Desaster zu verdauen. Eigentlich war es viel zu warm und sommerlich dafür, aber in der Badewanne gelang Emma das einfach am besten.

Das war wirklich das blödeste Date gewesen, das sie je gehabt hatte! Wenn man überhaupt von Date sprechen konnte. So viele Treffen mit Jungs waren es nicht

gewesen, aber bisher war sie nie sitzengelassen worden. Sie kam sich so dämlich vor. Es war eben doch ein Fehler, Dinge nicht zu überdenken und einfach spontan zu reagieren. Sie hätte gar nicht erst auf Leons Frage eingehen sollen.
Emma musste an Leons Augen denken, die sie so sehr an das Meer erinnerten. Wenn man sich trauen würde, könnte man in diesem schönen Blau versinken. Im nächsten Moment ärgerte sie sich auch schon über ihre Gedanken.
Dieser Blödmann!, dachte sie und tauchte in einem riesigen Schaumberg ab.

Natürlich sah Emma am Montag nach den neuen Schützlingen, obwohl sie eigentlich keinen Dienst hatte. Montags arbeiteten eigentlich nur die Hauptamtlichen der Arche.
Sie traute ihren Augen kaum, als sie Leons Fahrrad vor dem Hof stehen sah. Emma überlegte einen Moment, ob sie umdrehen sollte. Das sah sie aber gar nicht ein, denn sie war ja wegen der Tiere gekommen. Außerdem würde sie Leon morgen sowieso begegnen.
Als Erstes ging sie zu den Kühen. Leon lehnte an der Stalltür und kam ihr sofort entgegen, als er sie erblickte.
„Mensch, Emma, ich habe gehofft, dass du vorbeikommst, ich warte schon eine ganze Weile“, warf er ihr entgegen.
Emma ging an ihm vorbei in den Stall. Leon folgte ihr.
„Toll, dann weißt du ja, wie ich mich am Samstag gefühlt hab. Du kannst dir ja denken, dass das nicht besonders super

war, oder? Du hättest dich danach ja zumindest mal bei mir melden können."

Leon schritt zaghaft auf Emma zu. „Ja, du hast Recht. Aber am Telefon bin ich wirklich kein Held und deshalb wollte ich es dir lieber persönlich sagen. Es tut mir so leid. Als ich ins Eiscafé zurückkam und du nicht mehr da warst, habe ich zum ersten Mal wieder auf die Uhr geschaut. Da habe ich mich richtig geschämt." Leon senkte den Kopf.

Emma antwortete vorerst nicht, denn eine Erklärung für sein Verhalten würde Leon schon noch liefern müssen. Sie sah erst mal nach den Kühen in ihren Boxen. Die wirkten entspannt und hatten es sich bequem gemacht. Emma lehnte sich ein ganzes Stück von Leon entfernt an die Wand, verschränkte die Arme und wartete ab.

„Also, ich hab mit einem Kumpel gesprochen, der da in so einer blöden Sache steckt und dringend meine Hilfe brauchte. Ich wollte dich nicht mit solchen Problemen belästigen und bin deshalb lieber rausgegangen. Und dabei habe ich völlig die Zeit aus den Augen verloren."

Leon sah zwar sehr reumütig aus, aber nach einem ernsten Gespräch hatte es für Emma nicht ausgesehen, jedenfalls nicht, während er sich in ihrer Sichtweite aufgehalten hatte.

„Darf ich das wiedergutmachen?", fragte er hoffnungsvoll.

„Erst mal nicht."

„Schade."

Fast wäre Emma bei Leons enttäuschtem Anblick eingeknickt, doch sie blieb standhaft.
„Wir sehen uns dann aber morgen hier", entgegnete sie widerwillig.
„Na klar! Ich freue mich schon." Leon strahlte.
Emma versuchte, seine Herzgrübchen auszublenden. „Ich gehe mal eben zu den Ponys."
„Gut. Ich mach mich dann wieder auf den Weg ..." Er folgte ihr ein paar Schritte. Wahrscheinlich hoffte er, dass noch irgendeine Reaktion von Emma kam. Dann rief er „Bis morgen!", trottete zu seinem Fahrrad, drehte sich nochmal um und winkte Emma zu.
Es war zwar irgendwie süß von ihm, dass er hergekommen war, allerdings hätte er doch auch nach den Ponys schauen können, wenn er schon mal da war. Oder überhaupt ein bisschen länger bleiben. Wollte er nun Zeit mit Emma verbringen oder nicht? Und die Geschichte mit Leons Kumpel konnte Emma auch nicht so recht glauben. Vielleicht war sie aber nur überempfindlich.
Der Anblick der Ponys verbesserte Emmas Laune zum Glück schlagartig. Die Isländer und das schüchterne Minipony standen dicht beieinander auf der Koppel und knabberten an einem Haufen Heu. Dieses Mal waren es die Esel, die ihre neuen Nachbarn argwöhnisch beäugten.

Es sah so aus, als hätten alle den Transport und die ungewohnte Umgebung gut verkraftet. Erleichtert ging Emma zum Hoftor. Gerade schloss Jakob sein Fahrrad an.
„Hallo, Emma". Das klang sehr kühl.
„Hi, Jakob, wolltest du auch nach den neuen Tieren sehen?", erkundigte sich Emma unsicher.
„Ja, aber da bin ich anscheinend nicht der Einzige. Eben ist mir Leon entgegengekommen." Jakob sah Emma mit finsterem Gesichtsausdruck an. „Habt ihr euch hier verabredet?"
„Nein, haben wir nicht."
„Ach nee."
Emma spürte, wie die Wut in ihr hochstieg. „Sag mal, was ist eigentlich los mit dir?"
„Das wollte ich dich auch schon fragen!", entgegnete Jakob hitzig.
Emmas Hände verkrampften sich. „Bist du sauer, weil ich ein Team mit Leon gebildet habe?"
Jakob kam etwas näher an Emma heran. Sein Gesichtsausdruck wechselte rasend schnell von wütend über ratlos zu traurig.
„Mach doch, was du willst", seufzte er schließlich.

Bevor Emma darauf antworten konnte, hatte Jakob ihr den Rücken zugedreht und war davongegangen. Eigentlich wollte sie ihm noch etwas hinterherrufen, aber ihr fehlten die passenden Worte. Was hätte sie auch sagen sollen?

Um das zu wissen, müsste Emma erst mal checken, was überhaupt mit Jakob los war. Eifersucht wäre jedenfalls das Letzte, was sie von ihm erwartet hätte. Schließlich waren sie doch kein Paar, sondern nur gute Freunde! Und im Gegensatz zu Leon hatte Jakob sie auch noch nie nach einem Date gefragt.

Die neue Woche startete also genauso blöd wie die letzte zu Ende gegangen war. Na toll!

Zum ersten Mal freute Emma sich nicht wirklich auf ihre Arbeit, denn dort würde sie sowohl Leon als auch Jakob wieder treffen. Und die wollte sie im Moment eigentlich beide nicht sehen.

Sie trat wütend in die Pedale und nahm sich vor, nach dem Handballtraining sofort die Demonstration vorzubereiten, über die sie schon seit einer Weile nachdachte. Denn gar nicht weit von der Arche sollte ein großer Schlachthof für Schweine gebaut werden. Dabei gab es in der Gegend sowieso schon so viele! Emma hatte eine Menge über die Bedingungen gelesen, die dort herrschten. Zu viel, um das Ganze ignorieren zu können.

Doch sie musste noch einiges planen, wenn die Demo ein Erfolg werden sollte. Ja, mit den Vorbereitungen würde sie sich im Moment vermutlich am besten ablenken können. Eigentlich hatte sie auf Jakobs Hilfe gehofft, aber das konnte sie sich jetzt wohl abschminken.

Am nächsten Tag musste Emma in der Schule ständig daran denken, wie ihr Zusammentreffen mit Leon und vor allem mit Jakob am Nachmittag verlaufen würde. Als wäre das nicht schon schlimm genug, versuchte auch Melina wieder mal, ihr das Leben schwer zu machen.
„Na, wie läuft es denn so mit Leon? Den hast du dir ja gekonnt geschnappt!", stichelte sie in der Pause.
„Ich habe mir niemanden geschnappt. *Er* hat *mich* gefragt, ob wir ein Team sein wollen, obwohl *du* neben ihm saßt, schon vergessen?"
Melinas Mundwinkel zuckte und sie verschwand, ohne etwas zu erwidern. In letzter Zeit hatte Emma an Schlagfertigkeit hinzugewonnen, jedenfalls wenn es um Melina ging. Kein Wunder – so oft, wie Melina ihr eine Möglichkeit zum Üben gab, musste Emma ja irgendwann mal besser darin werden, zu kontern.

Als Emma am Nachmittag auf den Tierhof fuhr, sah sie schon von Weitem, dass Melina Leon in ein Gespräch verwickelt hatte. Emma war ein bisschen zu spät losgefahren, weil sie noch schnell etwas wegen des neuen Schlachthofs recherchieren wollte. Na ja, vielleicht hatte sie auch getrödelt, um den unangenehmen Gesprächen aus dem Weg zu gehen.
Sobald Leon sich von Melina losreißen konnte, sprang er zu Emma und begrüßte sie strahlend. „Hey! Ich habe mich schon den ganzen Tag auf unsere Schicht gefreut."

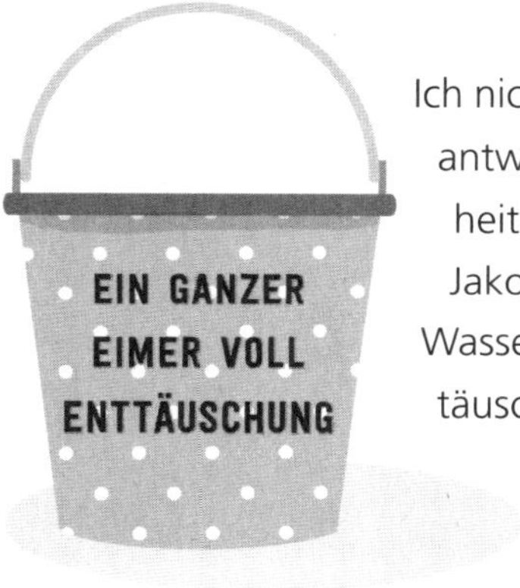

Ich nicht!, hätte Emma am liebsten geantwortet, denn das wäre die Wahrheit gewesen. Besonders jetzt, da Jakob, der gerade mit einem Eimer Wasser zur Koppel lief, ihr einen enttäuschten Blick zuwarf.

Leon und Emma übernahmen das Ausmisten der Schaf- und Ziegenställe und arbeiteten eine Weile wortlos nebeneinander her, bis Leon, der bei jeder Schaufel Mist die Nase rümpfte, das Schweigen beendete.

„Du, Emma, ich weiß, du hast gesagt, dass ich es so bald nicht wiedergutmachen darf, aber ich möchte dich trotzdem etwas fragen. Am Wochenende veranstaltet mein Freund bei sich im Garten ein Grillfest. Er besorgt Bratwürstchen und die Gäste bringen die Getränke mit. Hättest du Lust, mitzukommen?"

Genau in diesem Moment ertönte aus einiger Entfernung ein lautes, anhaltendes Quieken. Leon legte fragend den Kopf zur Seite.

„Das sind Leila und die anderen Schweine. Wahrscheinlich haben Jakob oder Melina ihnen gerade das Futter gebracht. Und nein, ich möchte nicht mitkommen. Ich bin Vegetarierin."

Leon sah aus, als hätte Emma ihm gerade erzählt, dass sie noch nie Fernsehen geguckt hätte.

„Scheint ja sehr ungewöhnlich für dich zu sein", kommentierte sie seinen erstaunten Blick und machte sich wieder an die Arbeit.

Leon, in dessen Kopf es zu rattern schien, tat es ihr gleich.

Irgendwie wunderte es Emma nicht, dass Leon es offenbar seltsam fand, kein Fleisch zu essen. Viel mehr wunderte sie, wie gut sich Melina und Jakob heute verstanden. Während Emma mit der Schubkarre an der Koppel vorbeifuhr, sammelten sie Pferdeäpfel ein und lachten dabei so ausgelassen, als würden sie der lustigsten Beschäftigung überhaupt nachgehen.

Vielleicht hatte ihnen ja auch eines der Ponys gerade einen Witz erzählt. Haha.

Emma musste später unbedingt mit Jakob reden. So konnte das zwischen ihnen einfach nicht weitergehen. Sie kippte den Inhalt ihrer Schubkarre auf den Misthaufen und ging bei den schmatzenden Hängebauch- und Sattelschweinen vorbei, bevor sie nachdenklich zurück in den Stall schlurfte.

Ganz allein würde sie es übernächsten Freitag nicht schaffen, die Tierschutzdemo durchzuführen. Sie wollte auf jeden Fall einen Stand aufbauen, an dem man sich über artgerechte Tierhaltung informieren und auch Geld für die Arche spenden konnte. Sie wollte alle, die es noch nicht wussten, über den geplanten Schlachthof-Bau informieren, für den an diesem Tag der Grundstein gelegt werden sollte. Und sie wollte den Menschen klarmachen, wie Schweine tickten. Wie schlau und liebenswert sie waren. Und dass sie etwas Besseres verdient hatten, als eng und qualvoll zusammengepfercht zu leben. Wenn man da überhaupt von Leben reden konnte.

Emma hatte vor, kleine Plakate von Leila und den anderen Schweinen anzufertigen, auf denen zu sehen war, was für ein Leben sie jetzt führen durften.

Emma war so in Gedanken versunken, dass sie zusammenzuckte, als Frau Butenloh rief: „Emma, könntest du bitte kurz ins Büro kommen?“

„Ja, klar!“, antwortete sie. Es war sowieso an der Zeit, Frau Butenloh einzuweihen, denn Emma hatte mittlerweile genug zusammengetragen, um ihr Projekt vorzustellen.

Sie trat ein und Frau Butenloh lächelte ihr entgegen. Es roch nach Vanilletee. Den trank Frau Butenloh das ganze Jahr über. Emma setzte sich auf das Sofa und sah ihre Chefin gespannt an.

„Sag mal, ich wollte dich fragen, wie sich Leon so macht. Meinst du, er hat sich die Arbeit hier so vorgestellt? Ich habe ihn natürlich auch schon selbst gefragt, aber so richtig bin ich nicht schlau aus ihm geworden."

Emma nahm sich Zeit, um zu antworten, denn sie wollte nichts Falsches sagen. „Also, am ersten Tag war ich mir auch nicht so sicher, aber jetzt glaube ich, dass er bleibt."

Hoffentlich würde Leon auch dann bleiben und sich für die Tiere einsetzen, falls zwischen Emma und ihm außerhalb der Arche nichts lief.

„Prima!" Frau Butenloh rührte in ihrem Tee. „Wir werden sehen. Und dann wollte ich dich noch fragen, ob du übernächste Woche einen zusätzlichen Tag arbeiten könntest, bevor die Kühe auf die neue Weide kommen. Es war übrigens super, wie du Minipony Lou aus dem Hänger gelockt hast!"

„Danke", antwortete Emma. „Übernächste Woche kann ich bestimmt einen Extratag einrichten, allerdings habe ich in der Woche auch etwas Besonderes vor, über das ich sowieso noch mit Ihnen reden wollte."

Frau Butenlohs Augen blitzen interessiert auf. „Oh, was denn?", fragte sie erwartungsvoll.

„Also, Sie wissen ja sicher von dem geplanten Bau des Schlachthofs im Meinardiusweg. Ich habe über einen Bekannten rausgefunden, dass der Grundstein übernächsten Freitag gelegt werden soll. Und da wollte ich so eine Art kleine Demo machen, also eigentlich eher eine Art Infoveranstaltung, bei der man etwas über Schweine lernt und wie man sie behandeln sollte, und, na ja, vor allem wie nicht. Ich könnte auch Infoblätter von der Arche mitnehmen und zusätzlich Spenden sammeln. Bisher habe ich schon einiges recherchiert und auch ein paar kleine Plakate angefertigt, die könnte ich beim nächsten Mal mitbringen und Ihnen zeigen."

Frau Butenloh stand auf und setzte sich zu Emma aufs Sofa. „Wow, ich bewundere deinen Einsatz und deine Idee! Natürlich hast du meine Unterstützung. Aber wir müssen noch ein paar Dinge klären. So eine Verantstaltung muss man sicher anmelden, außerdem brauchst du einen Versammlungsleiter, der volljährig ist."

„Oh, das wusste ich nicht."

„Das macht ja nichts. Die Rolle kann ich übernehmen. Am besten bringst du übermorgen deine konkreten Pläne mit. Dann setzen wir uns nach deiner Schicht zusammen und besprechen alles ganz genau, einverstanden? Warte, ich suche noch kurz ein paar Broschüren raus, die kannst du schon mal mitnehmen."

„Vielen Dank!" Emma fiel ein Stein vom Herzen. Mit Frau Butenloh an ihrer Seite würde die Demo bestimmt ein voller Erfolg werden.

Beschwingt stieß Emma die Tür der Hütte auf. Es gab einen

dumpfen Knall und einen erstickten Aufschrei und die Tür fiel wieder zu. Erneut drückte Emma sie auf, diesmal etwas vorsichtiger. Vor ihr lag jemand auf dem Boden. Es war Leon. Er rieb sich den schmerzenden Kopf und versuchte, sich Gisbert vom Leib zu halten, der sich über ihn gebeugt hatte und ausgiebig an ihm schnüffelte.

„Was soll das denn? Hast du etwa gelauscht?", fragte Emma empört.

Leon stand so cool wie möglich auf und klopfte sich den Dreck aus der Kleidung. „Quatsch. Ich wollte Frau Butenloh kurz was fragen, aber dann habe ich gehört, dass du gerade mit ihr redest, und da wollte ich nicht stören."

„Soso, du wolltest also nicht stören. Aber lauschen ist okay, ja?"

„Ja, also … nein! Ich hatte nicht vor, an der Tür stehen zu bleiben, aber Gisbert wollte mich nicht mehr weglassen! Hat sich einfach von hinten an mich angeschlichen!"

„Gisbert wollte immer zur Polizei, hat es dann aber nur als Wachhund zur Arche geschafft." Emma grinste. Ihre Augen blitzten schadenfroh.

Jetzt musste auch Leon lächeln. „Wollen wir zum Stall zurückgehen? So wie Gisbert mich ansieht, bin ich nicht sicher, ob er mich nicht gleich noch mal rammt."

Frau Butenloh kam aus ihrem Büro, drückte Emma einen Stapel Broschüren in die Hand und lächelte die beiden an, bevor sie wieder in der Hütte verschwand.
Leon sah verlegen zu Boden und Emma stieß ihm in die Seite. Es fiel ihr schwer, böse auf Leon zu sein. Außerdem hatte es echt komisch ausgesehen, wie er da so auf dem Boden rumlag und von Gisbert beschnüffelt wurde.
„Na gut, komm schon“, sagte sie. „Dann erzähl mir aber, was du alles belauscht hast!“
Leon seufzte erleichtert auf, als sie sich von Gisbert entfernten. „Also, die Sache mit dieser Demo und so – Emma, du bist echt total klasse. Ich würde dir gerne helfen!“
„Wirklich?“
„Ja! Ich hab eigentlich freitags Basketball, aber das lasse ich dann einfach ausfallen. Also, natürlich nur, wenn du willst, dass ich dir helfe.“ Er bedachte Emma mit einem Welpenblick.
Emma ging in den Stall. Leon lehnte sich an die Wand der Schafbox und wippte mit den Füßen leicht auf und ab.
Emma freute sich über Leons Hilfsbereitschaft, aber bevor sie ihm zusagte, musste sie noch etwas wissen.
„Also, ich hab noch eine Frage“, fing sie an.
Leon richtete sich auf und Emmas Blick verirrte sich für einen kurzen Moment im tiefen Blau seiner Augen, das an einigen Stellen von dunkelgrünen Sprenkeln durchzogen wurde. Sie riss sich zusammen.

„Warum machst du das alles hier eigentlich? Wegen der Tiere? Oder hast du ganz andere Gründe?"

Leon antwortete nicht sofort, wich Emmas Blick jedoch nicht aus.

„Also, ehrlich gesagt bist du der Hauptgrund", sagte er schließlich. „Aber das heißt nicht, dass mir Flip, Flop, Leila und all die anderen egal sind."

Ein leichtes Prickeln lief ihr über das Gesicht. Das war keine schlechte Antwort gewesen.

„Na gut. Ich bringe übermorgen alles mit, was ich schon vorbereitet habe. Mal sehen, was du sagst."

Leon trat einen Schritt auf Emma zu und griff nach ihrer Hand. „Danke! Es ist toll, dass ich dir helfen kann."

Jetzt kribbelte es auch in Emmas Bauch. Leons Hand war unglaublich sanft und weich. Er machte keine Anstalten, Emma loszulassen.

Erst als Melina in den Stall polterte und fragte, ob sie die Schubkarre haben könne, löste Leon die Berührung.

„Wir sind gleich fertig, dann kannst du sie haben", sagte Emma, als wäre nichts gewesen.

Sie war sich nicht sicher, ob Melina etwas gesehen hatte, aber es war ihr auch egal. Sollte sie doch denken, was sie wollte. Allerdings musste Emma endlich mal mit Jakob sprechen.

Denn so glücklich sie auch darüber war, dass Leon ihr seine

Hilfe für die Demonstration angeboten hatte – sie vermisste ihren Freund Jakob, dem sie bisher immer alles Mögliche hatte anvertrauen können.
Leider schienen Jakob und Melina heute unzertrennlich zu sein und es ergab sich wieder keine Möglichkeit, allein mit ihm zu sprechen. Sie würde Jakob also anrufen müssen.
Emma und Jakob sahen sich so oft auf dem Tierhof und schickten sich zwischendurch Nachrichten, dass es bislang überflüssig gewesen war, miteinander zu telefonieren. Umso komischer war das Gefühl, als Emma am Abend zum Hörer griff und Jakobs Nummer wählte.

„Emma?" Jakob klang erstaunt, aber irgendwie auch erfreut.
„Hey, Jakob", sagte sie. „Ähm, du, ich wollte eigentlich heute mit dir reden, aber irgendwie warst du nie allein und da dachte ich, ich rufe einfach an."
Pause.
Emma schluckte.
„Also, ich find's echt schade, dass wir uns zurzeit nicht so gut verstehen, und ehrlich gesagt weiß ich nicht wirklich, warum das so ist. Das kann doch nicht nur an Leon liegen, oder?"
Jakob seufzte. „Tut mir leid, Emma."
„Was tut dir leid?"
„Hmm."
Wieder trat eine Pause ein.

Jakob schien nicht so recht mit der Sprache herausrücken zu wollen. Emma überlegte krampfhaft, wie sie ihn dazu bringen konnte, ihr endlich zu sagen, was los war. Doch ihr fiel einfach nichts ein.

„Na gut", sagte sie schließlich. „Meinst du, wir können jetzt wieder normal zueinander sein?"

„Ja, das hoffe ich. Wir sehen uns Donnerstag. 😎 Tschüss, Emma."

Und damit war das Gespräch beendet.

Jakobs Stimme hatte zwar lieb geklungen, aber wirkliche Klarheit hatte das Gespräch nicht gebracht. Emma wünschte, sie hätte ihn nicht angerufen. Erstens war es noch nie derart merkwürdig zwischen ihr und Jakob gewesen und zweitens war sie jetzt genauso schlau wie vorher.

In den nächsten Tagen hatte Emma allerdings kaum Zeit, um über Jakob nachzudenken, denn die Vorbereitungen für die Tierschutzdemo liefen auf Hochtouren. Frau Butenloh hatte einen kleinen Infostand zur Verfügung gestellt, den sie auch schon für andere Aktionen benutzt hatte. Leon half Emma dabei, Flugblätter und Plakate zu erstellen und auszudrucken. Emma stellte eine kleine Fotostory der Arche-Schweine zusammen, mit der sie den Stand schmücken wollte.

In der Nacht vor der Demo fiel es Emma schwer einzuschlafen. Immer wieder ging sie im Kopf durch, was sie geplant hatten, malte sich aus, was schiefgehen konnte, und wünschte sich,

dass so viele Menschen wie möglich auf den Schlachthof aufmerksam wurden. Und wie würden Jakob und Melina die Aktion aufnehmen?
Während der Vorbereitungen hatte Frau Butenloh Emma einmal gefragt, ob sie die beiden denn nicht auch einweihen wollte. Doch Emma hatte darum gebeten, das nur zu tun, wenn sie es nicht allein schafften. Frau Butenloh hatte Emma etwas seltsam angesehen, doch zum Glück nicht weiter nachgefragt und ihr das Ruder überlassen.
Am nächsten Tag fuhr Emma direkt nach der Schule zur Arche, wo sie alles deponiert hatten, was sie für die Demo brauchten. Frau Butenloh hatte das meiste schon in einen Bollerwagen gepackt, an dem einige Glücksschweinluftballons festgeknotet waren.

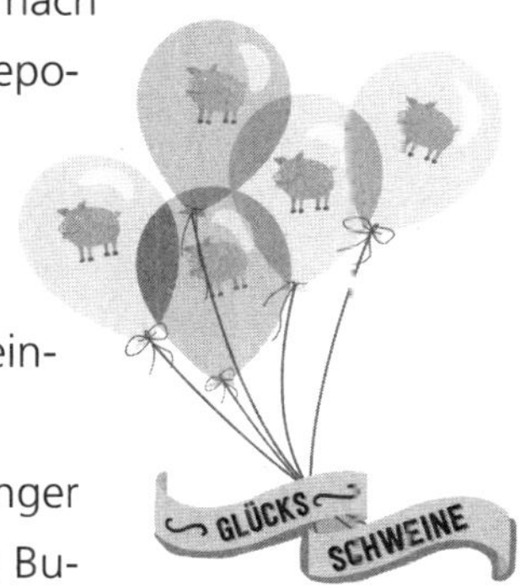

Emma strahlte und tippte mit dem Finger gegen einen der Heliumballons. Frau Butenloh grinste schelmisch.
„Ich hatte noch einen Gutschein. Und so können wir den Weg von der Kreuzung zum Schlachthof kennzeichnen, damit man auch zu uns findet."
Emmas Herz preschte im Schweinsgalopp davon, als Leon pünktlich und voller Tatendrang an der Hütte erschien.
„Na, dann wollen wir mal!", sagte Frau Butenloh fröhlich, so als wäre dies ein ganz normaler Sommerausflug. Leon nahm

Emmas Hand und drückte sie sanft, bevor er die restlichen Plakate, die er zu Hause noch ausgedruckt hatte, zu den anderen Sachen in den Wagen legte.
Sie hatten genau besprochen, wer was übernehmen würde, sobald sie an der Baustelle angekommen waren. Dort wuselten zwar schon einige Arbeiter herum, doch alles lief wie geschmiert. Schnell hatten sie die Luftballons aufgehängt, die Schilder befestigt und den Stand aufgebaut. Es dauerte nicht lange, bis sich die ersten Schaulustigen zum Stand wagten, die Flugblätter lasen, die Fotos der glücklichen Schweinetruppe begutachteten und Emma, Leon und Frau Butenloh Fragen stellten.
Schnell bildete sich eine kleine Traube Menschen und Emma beobachtete immer wieder die entsetzten Reaktionen auf die Bilder der Zustände in herkömmlichen Mast- und Schlachtställen, die sich auf den Plakaten und in den Flugblättern befanden.
Plötzlich fuhr ein schicker schwarzer Audi vor und ein Herr im Anzug stieg aus. Sein Blick wanderte von der Baustelle zu der kleinen Menschenansammlung davor. Er marschierte schnurstracks auf Emma zu, die gerade einem älteren Ehepaar die Arbeit der Arche nahe brachte.
„Wer ist für das hier verantwortlich?“, schnaubte er.
Leon stelle sich sofort dicht neben Emma und sah dem Mann unbeirrt in die Augen. Frau Butenloh kam hinter dem Stand hervor. „Ich!“, antwortete sie höflich.

Der Mann warf ihr einen herablassenden Blick zu. Die beiden gingen ein Stück in Richtung der Baustelle und unterhielten sich. Emma war erleichtert, als Frau Butenloh mit bester Laune zurückkehrte.

„Das war jemand von dem Lebensmittelkonzern, der den Schlachthof baut. Natürlich ist er nicht ganz glücklich mit dem, was wir hier veranstalten, aber da wir den offiziellen Weg gegangen sind, kann er nichts dagegen tun." Sie ließ ihren Blick über die Menschen schweifen, die sich vor dem Infostand tummelten. „Man kann eben auch mit kleinen Aktionen etwas bewegen." Sie nickte Emma anerkennend zu.

Nach drei Stunden waren alle Flugblätter verteilt und nur noch eine Handvoll Menschen da. Frau Butenloh und Emma verschenkten die letzten Glücksschweinluftballons, bevor sie langsam begannen, ihre Sachen wieder zusammenzupacken. Leon hatte den mobilen Stand blitzschnell auseinandergeschraubt. Er legte die Bilder der Schweinelovestory, die von nun an die Hütte auf dem Tierhof schmücken sollte, wie einen Schatz zurück in den Bollerwagen.

Alle drei waren in ausgelassener Stimmung. Die Gespräche mit den Menschen, bei denen sie Interesse geweckt hatten, klangen noch in Emma nach. Frau Butenloh ging schon mal vor. Emma und Leon zogen gemeinsam den Bollerwagen. Ihre Hände berührten sich und ein wohliger Schauer überlief Emma.

„Danke, Leon. Das war echt klasse von dir!“

Er ließ seine Herzgrübchen aufblitzen. „Konnte ich meinen Fehltritt aus dem Café also wiedergutmachen?“

„Ja. Trotzdem kannst du mich gerne auch noch mal zum Eis einladen.“

„Wie wäre es mit morgen? Gleiche Zeit, gleicher Ort wie beim letzten Mal?“

„Okay. Ich hoffe, die Bedienung kann sich nicht mehr an mich erinnern. Und wenn du mich wieder sitzenlässt, hetze ich bei der nächsten Gelegenheit Gisbert auf dich.“ Emma stupste Leon in die Seite.

Er blieb stehen und strich Emma sanft über das Gesicht. „Glaub mir, das wird nicht nötig sein.“ Dann legte er seine Hand wieder auf die Deichsel und ließ während der restlichen Fahrt seine Fingerspitzen über ihre kreisen.

Emma war froh, sich am schweren Bollerwagen festhalten zu können, sonst wäre sie wohl davongeschwebt. So wie einer der Glücksballons, der vor ein paar Stunden im Himmel verschwunden war.

Ende

Liebesglück im Stadtpark

Emma griff nach ihrem Handy, um sich abzulenken. Ihr Blick fiel auf die Uhrzeit. Sie kochte vor Wut, doch sie gab Leon noch fünf Minuten. Wenn er dann nicht wieder da war, würde sie aufstehen und gehen.

Emma starrte missmutig die Punkte in ihrem Vanilleeis an. Sie zuckte zusammen, als Leon plötzlich vor dem Fenster des Cafés auftauchte und ihr fröhlich zuwinkte. Der hatte vielleicht Nerven!

Leon kam zurück an den Tisch und ließ sich schwungvoll auf seinen Stuhl fallen. Er grinste sie an, als wäre er nur ein paar Sekunden lang weg gewesen. „Tut mir leid, dass es etwas länger gedauert hat, aber ein Freund brauchte meine Hilfe."

„*Etwas* länger?", schnaubte Emma. Das war zwar ein bisschen lauter rausgekommen als beabsichtigt, aber eigentlich war es gut, dass Leon sofort checkte, dass sie sauer war.

Er zog sein Handy hervor und sah auf die Uhr. „Oh, so lang kam es mir gar nicht vor. Ich hab völlig die Zeit vergessen! Tut mir wirklich leid."

Leon sah richtig zerknirscht aus und ließ die Schultern hängen. Er tauchte seinen Löffel in die klebrige Masse in seinem Becher und das, was mal Eis gewesen war, tropfte vom Löffel. „Kann ich es irgendwie wiedergutmachen?", fragte er und sah sie mit großen Augen an.

Emma versuchte, sich seinem Dackelblick zu widersetzen. Vergeblich. Sie spürte, wie ihr Zorn verpuffte. Eigentlich war es ja nett, dass er seinem Freund helfen wollte. Das bedeutete doch nur, dass ihm seine Freunde ziemlich wichtig waren. Oder? Klar, er hätte es anders angehen können, aber jeder machte mal Fehler.

„Na gut, ich verzeihe dir fürs Erste." Emma setzte eine gespielt strenge Miene auf. „Vielleicht lasse ich dich ja bei Gelegenheit einfach auch mal warten. Zum Beispiel, wenn du das nächste Mal von Gisbert in die Enge getrieben wirst." Sie kicherte.

Leon seufzte erleichtert. „Danke, Emma. Also, nicht für die Sache mit Gisbert …" Er lächelte schief. „Aber dafür, dass du nicht nachtragend bist. Möchtest du noch ein Eis?"

„Nee, ich nicht, aber du vielleicht? So viel hast du von deinem ja nicht gegessen."

„Schon okay. Ich würde lieber noch woanders hingehen, wenn du möchtest. Vielleicht in den Park?"

„Einverstanden."

Leon bezahlte.

Emma war froh, dass sie noch mal neu starten konnten. Vielleicht würde es ja doch ein netter Nachmittag werden.

Der Stadtpark lag nur zwei Straßen vom Eiscafé entfernt. Leon steuerte direkt auf den See zu, an dessen Ufer viele Leute saßen, sich unterhielten, ein Buch lasen oder sich einfach nur sonnten.

„Hast du Lust, erst mal hier zu bleiben?"

„Gerne!"

Emma setzte sich zu Leon ins Gras. Plötzlich fing das Pärchen schräg vor ihnen an, sich wild zu küssen. Verlegen schielte Emma zu Leon hinüber. Der schaute Emma verträumt an und legte seine Hand so neben ihre, dass sich ihre Finger leicht berührten. Emma genoss das angenehme Kribbeln, das von der sanften Berührung ausging und sich in ihrem ganzen Körper ausbreitete. Sie lächelte Leon an. Was für ein herrlicher Tag.

„Und, was machst du so, wenn du nicht bei der Arche hilfst?", wollte Leon wissen.

Jedenfalls nicht das, was das Knutsche-Pärchen da veranstaltete, überlegte Emma. Natürlich hatte sie schon darüber nachgedacht, wie es wäre, einen Jungen zu küssen, also so

richtig zu küssen, aber bei Herrn und Frau Turteltäubchen sah es gerade aus, als würden sie sich gegenseitig aufessen. Emma stellte sich so einen Kuss viel romantischer vor.
Wie es wohl wäre, Leon zu küssen? Was würde sie tun, wenn er sich in diesem Moment zu ihr herüberlehnen würde, wenn sich ihre Lippen zart berührten und …

Emma versuchte, sich zu konzentrieren.
„Also, ähm, so einiges“, stotterte sie. „Handball spielen zum Beispiel oder lesen. Aber im Moment arbeite ich fast jeden Abend an einem Projekt, das auch mit der Arche zu tun hat.“

Ob Leon Emma wohl bei ihrem geheimnisvollen Projekt unterstützen wird? Lies weiter auf Seite 70.

Enttäuschungen & Erfolge

Am Tag vor der Demo ging Emma mit Frau Butenloh und Leon noch mal alles durch. Das meiste hatten sie bereits im Büro deponiert.

„Also, um vierzehn Uhr treffen wir uns hier, ja?“, erinnerte Frau Butenloh. „Und dann wollen wir mal sehen. Ich bin mir sicher, dass danach ein paar mehr Menschen unsere Sache unterstützen werden.“

Frau Butenlohs Zuversicht machte Emma Mut, trotzdem konnte sie nur mit Mühe einschlafen und wachte in der Nacht öfter auf. Emma war erleichtert, als die Schule am nächsten Tag endlich vorüber war und sie sich auf den Weg machen konnte.

Um fünf vor zwei saß sie mit klopfendem Herzen in Frau Butenlohs Hütte und hakte auf der Liste alles ab, was sie in Bollerwagen und Rucksäcke gepackt hatten. Der faltbare

Ministand, den Frau Butenloh zur Verfügung gestellt hatte, ragte zwar weit über den Bollerwagen hinaus, aber wenn einer zog und der andere festhielt, würde es gehen.

Immer wieder sah Emma nervös auf ihre Uhr. Wo war Leon? Es war schon kurz nach zwei!

Um viertel nach zwei legte Frau Butenloh Emma einen Arm um die Schultern. „Wollen wir los? Vielleicht ist Leon ja direkt zum Schlachthof gegangen."

Emma seufzte. „Können wir noch eine Weile warten, bitte? Nur noch ein paar Minuten?"

„Na klar. Ich mache eben noch einen Anruf." In diesem Moment klingelte das Telefon. „Oder ich bekomme einen." Sie grinste und nahm den Hörer ab. „Ja? Aha, ach, das ist aber schade. Na gut, dann bis nächste Woche. Tschüss!", sagte sie. Zerknirscht legte sie auf. „Tut mir leid, aber wir können jetzt los. Leon hat abgesagt."

Emma wurde mit einem Schlag ganz flau im Magen. Sie hatte in den letzten Tagen öfter an die Möglichkeit gedacht, dass Leon nicht auftauchen könnte. Aber dass es jetzt tatsächlich so gekommen war, enttäuschte sie unendlich.

„Na komm, wir zwei schaffen das schon!", versuchte Frau Butenloh Emma aufzuheitern.

Bis zum Schlachthof war es zum Glück nicht weit. Als sie sich der Baustelle näherten, bemerkte Emma verwundert einige Schilder, die in die Richtung ihres Veranstaltungsortes wiesen und auf die Sprüche wie „Schweinerei! Wollen Sie mehr darüber erfahren? Hier entlang!" gepinselt waren. Als sie um die Ecke bogen, blieb Emma wie erstarrt stehen. War das wirklich ... Ja! Dort am Zugangsweg zur Baustelle stand Jakob und verteilte Flugblätter an interessierte Leute. Emma sah Frau Butenloh fragend an.

„Ich hoffe, es ist okay, dass ich Jakob eingeweiht habe. Es hat sich einfach so ergeben und auf ihn ist nun mal immer Verlass."

Frau Butenloh baute blitzschnell den Stand auf und dekorierte ihn mit lustigen Bildern der frechen Arche-Schweine. Auf einem Plakat, das sie an der Seite befestigte, stand: „Schweine haben Gefühle, aber Mensch is(s)t Schwein?!"

Gerade als Emma auf Jakob zuging, bog eine ganze Traube von Menschen um die Ecke, von denen einige Jakob zuwinkten. Neugierig steuerten sie direkt auf den Arche-Stand zu.

„Ich wusste ja nicht, dass ...", stotterte Emma, als sie neben Jakob stand.

„Dass ich auch hier bin? Nee, das ist sozusagen eine Überraschung. Ich habe auch noch einigen Leuten Bescheid gesagt, von denen ich dachte, dass sie das hier interessieren würde. Ich finde die Aktion klasse, Emma. Ich habe aus dem Hintergrund mitgeholfen. Dabei war ich zuerst echt total enttäuscht, dass du mir nicht selbst davon erzählt hast, aber irgendwie konnte ich es auch verstehen, nachdem ... Na, du weißt schon. Und seit dieser Leon auf dem Hof ist … Ach, was soll's. Wo ist er überhaupt?"

„Er ist nicht aufgetaucht", antwortete Emma betreten.

Jakob nickte. Er schien nicht überrascht.

Emma griff sich einen Stapel Flugblätter und verteilte sie an die Gruppe Menschen vor dem Stand. Sie beantwortete Fragen, erzählte von der Arbeit der Arche und davon, wie Schweine artgerecht gehalten werden. Im Laufe des Nachmittags kamen zwar insgesamt nur ungefähr zwei Dutzend Leute vorbei, dafür waren die Gespräche mit ihnen umso intensiver und Emma hatte das Gefühl, dass sie einigen die Augen für ihre Sache öffnen konnte. Ein liebenswerter Opi, der in der Nähe wohnte, sicherte der Arche sogar eine große Spendensumme zu. Emma war überglücklich.

Nach der Aktion half Jakob Emma, alles sorgsam wieder auf- und einzuräumen. Er war ebenfalls bester Laune. Emma legte ihm eine Hand auf die Schulter und er drehte sich zu ihr um. „Danke, Jakob. Ich weiß nicht, was wir ohne dich gemacht hätten. Die Aktion hier hat mir so viel bedeutet."

„Ich weiß", sagte Jakob, strich ihr sanft über den Rücken und wirkte so vertraut wie früher. Emma wurde bewusst, wie sehr sie das eigentlich vermisst hatte. Und wie wichtig es war, sich für eine Freundschaft einzusetzen, auch wenn es mal nicht so gut lief. Im Gegensatz zu Leon war sie sich bei Jakob sicher, dass er immer für sie da war. Während Emma tief in Jakobs Augen blickte, überlief sie ein wohliger Schauer. Sie lehnte ihren Kopf an seine Schulter. Wer weiß, vielleicht würde sich aus ihrer Freundschaft ja irgendwann mehr entwickeln …

Ende

Sommersonnenstreicheleinheiten

Leon richtete sich interessiert auf. „Oh! Erzählst du mir davon? Bitte!" Seine Augen leuchteten aufgeregt. Er sah gerade wirklich süß aus.

„Ich möchte eine Tierschutzaktion veranstalten", sagte Emma. „Eine Demonstration, weil in der Nähe der Arche ein Schweineschlachthof gebaut werden soll. Du glaubst gar nicht, was dort für Zustände herrschen, das ist echt unwürdig für die Tiere! Freitag in zwei Wochen soll der Grundstein gelegt werden, und am selben Tag will ich die Demo machen."

Leon sah aus, als hätte Emma ihm gerade ihr schönstes Erlebnis des letzten Traumurlaubs erzählt. Er blickte sie so verträumt an, als spielte sie in diesem Moment die Hauptrolle in einem seiner Tagträume. Irgendwie gefiel Emma die Vorstellung.

„Leon?"

Er zuckte zusammen. „Ja? Ach so, also, echt, das ist eine großartige Idee, Emma! Aber bist du sicher, dass das überhaupt was bringt? Und wie willst du das alles allein schaffen?"

„Natürlich bringt das was! Selbst wenn dadurch nur ein paar Leute darauf aufmerksam werden, wie fies Menschen zu Tieren sein können, war die Sache ein Erfolg. Aber du hast schon Recht, ganz allein kann ich das alles sicher nicht wuppen."

„Soll ich dir helfen? Obwohl, vor Ort demonstrieren? Ich weiß nicht ..."

Leons Zögern versetzte Emma einen kleinen Stich. Aber sie konnte ja wohl schlecht verlangen, dass er gleich voll hinter ihrem Projekt stand. Immerhin schien er von der Idee an sich ja begeistert zu sein.

„Bis dahin gibt es auch noch genug vorzubereiten", informierte sie ihn. „Da wäre es echt klasse, wenn du mir hilfst. Und wenn du bei der Demo nicht mitmachen willst, dann machst du eben nicht mit."

Leon beugte sich vorsichtig zu Emma. „So hab ich das nicht gemeint", sagte er besänftigend. „Ich kenne mich mit dem ganzen Thema einfach nicht so gut aus wie du, aber natürlich möchte ich dich unterstützen! Ich bin gespannt, was du so geplant hast."

Emma schloss die Augen und genoss die warmen Sonnenstrahlen auf ihrem Gesicht. Natürlich konnte sie nicht verlangen, dass jeder genauso tickte wie sie, aber Tierschutz war nun mal ein wichtiges Thema. Und wenn Leon nur für sie bei

der Aktion mitmachte, aber nicht wegen der Sache selbst, war es eben eigentlich doch nicht für Emma. Klang irgendwie verrückt und ziemlich verdreht. Oder war sie einfach nur etwas überempfindlich?
Plötzlich spürte Emma, wie Leons Finger zart und warm über ihre Hand strichen. Sie wollte, dass die Zeit stehenblieb und Leons Berührung nie aufhörte.
Doch Emma konnte nicht ewig wie eine Statue dasitzen. Sie öffnete die Augen und blickte in Leons Gesicht, das sehr nah an ihres herangekommen war.

„Ich bewundere es echt, wie du dich für die Tiere einsetzt", flüsterte er. „Und überhaupt, du bist einfach toll. Ich bin so froh, dass ich zur Arche gekommen bin."
Ich auch, wollte Emma eigentlich sagen, aber obwohl sich dieser Moment sonnenwarm anfühlte, ging es ihr nicht über die Lippen.
„Wollen wir los?", hörte sie sich stattdessen sagen.

Leon zog seine Hand ein Stück von ihr weg, ließ sich aber ansonsten nichts anmerken. „Ja klar, lass uns gehen."
Auf dem Weg zu den Fahrrädern sprachen die beiden kein Wort. Emma verfluchte sich dafür, dass sie den schönen Moment kaputt gemacht hatte, und überlegte fieberhaft, was sie zum Abschied sagen könnte. Auch Leon stand etwas ratlos neben seinem Fahrrad und trat unsicher von einem Fuß auf den anderen.
„Wir sehen uns dann am Dienstag", stieß Emma schließlich hervor. „Ich freu mich schon."
Leon lächelte.
„Ich mich auch. Bis dann!" Er schwang sich lässig auf sein Fahrrad und fuhr davon. Und Emma war erleichtert, dass sie die Situation doch noch ganz gut gemeistert hatte.

Zur Schicht am Dienstag brachte sie alles mit, was sie bisher gesammelt hatte. Dokumentationen über Schweine, die draußen frei und im Herdenverbund leben durften, und Informationen darüber, wie viel Fleisch überhaupt gegessen und übermäßig produziert wurde. Emma wollte all das nach der Arbeit Leon zeigen, doch der hatte es sehr eilig.
„Sorry, aber wir müssen das leider aufs nächste Mal verschieben. Ich muss heute pünktlich los!"
„Ach so", antwortete Emma enttäuscht. „Na gut, dann bringe ich die Sachen einfach noch mal mit."
Leon war während der Schicht zwar freundlich, aber völlig

in Gedanken versunken gewesen. Klar, zwischen Emma und Leon war nicht alles perfekt gelaufen, aber ein bisschen hatte sie schon gehofft, dass sie mehr Zeit miteinander verbringen könnten.
Außerdem brauchte Emma wirklich Unterstützung, wenn sie die Demonstration wie geplant durchziehen wollte.

Emma war die Letzte auf dem Hof. Melina verschwand nach Arbeitsende meistens als Erste und auch Jakob war nicht mehr da. Emma hatte ihn heute immer nur zwischendurch kurz zu Gesicht bekommen und den Drang verspürt, noch mal mit ihm zu reden. Leider hatte es sich nicht ergeben.
Ein herzliches Lachen riss Emma aus ihren Gedanken.
„Gisbert, nicht!", rief Frau Butenloh, die gerade aus der Hütte gekommen war. Emma ging auf sie zu und sah, dass das Arche-Maskottchen an ihrer Chefin herumzubbelte.
„Gisbert, du frecher Kerl!", rief Emma und grinste.
Frau Butenloh streichelte dem Ziegenbock mittlerweile mit kreisenden Bewegungen über den Rücken. Das beruhigte ihn immer sofort.
„Schade, dass er sich mit den anderen Ziegen nicht versteht, aber wenigstens hat er uns." Frau Butenloh knuffte Emma in die Seite. „Nicht wahr?"

Emma lachte. „Ja, genau. Eines Tages wird sich bestimmt auch eine Ziege finden, die er nicht wegmobbt."

Frau Butenloh kicherte und Emma nutzte die gute Stimmung, um ihr von ihrem Vorhaben zu erzählen. „Ich habe noch ein Anliegen. Hätten Sie kurz Zeit?"

„Ja, klar! Wollen wir ins Büro?"

„Das wäre gut."

Emma kam schnell zur Sache und breitete alles aus, was sie ausgedruckt und vorbereitet hatte. „Ich hatte an einen Infostand gedacht, ein paar kleine Plakate, Flugblätter und so etwas."

Frau Butenloh zog beeindruckt die Augenbrauen hoch. „Mensch Emma, wann hast du das denn alles vorbereitet, so neben Schule, Arche und Hobbys?"

„Fast jeden Abend in letzter Zeit."

„Du kannst natürlich auf mich zählen. Du wirst sowieso jemanden brauchen, der volljährig ist. Und wir sollten die Demo anmelden, nur um sicherzugehen. Natürlich kannst du zum Ausdrucken der Flugblätter unseren Drucker hier nutzen."

Emma fiel ein Stein vom Herzen. Jakob hätte sie so etwas unter normalen Umständen schon längst erzählt, doch die beiden mussten erst mal ganz andere Dinge klären. Auf Melinas Hilfe hätte sie sowieso nicht gesetzt und, na ja, Leon, das würde sich zeigen. Immerhin hatte er seine Hilfe zugesagt.

Während der nächsten Tage drehte sich für Emma alles um die Vorbereitungen. Leon half ihr zwar beim Design der Plakate und Flugblätter, doch je näher die Aktion rückte, desto seltener hatte er Zeit für sie. Der sonst so coole und direkte Leon war in Emmas Nähe plötzlich unsicher und ausweichend. Was auch immer in ihm vorging, Emma war dankbar für jede Hilfe – alles Weitere würden sie nach dem wichtigen Ereignis klären.

Was geht in Leon vor? Kann sich Emma auf seine Hilfe verlassen? Um das herauszufinden, lies weiter auf Seite 65.

Tierisch was los

Emma war erleichtert, dass Jakob ihr eine gute Möglichkeit geboten hatte, Leons Frage auszuweichen.
„Ich bin gleich zurück!“, sagte sie und folgte Jakob.
Leon ließ enttäuscht die Mundwinkel hängen, fing sich aber sofort wieder.
„Kein Problem!“, rief er ihr hinterher.
Jakob ging ziemlich schnell, verlangsamte seinen Schritt aber, als er merkte, dass Emma nicht hinterherkam. „Na, hat sich ein neues Dreamteam gefunden oder wie läuft es bisher mit Leon?“, neckte er Emma, doch sein Unterton machte deutlich, dass es ihm wirklich wichtig war, zu erfahren, wie Emma zu Leon stand. Leider wusste Emma das selbst noch nicht so genau.
„Ganz okay. Und, wie kann ich euch helfen?“ Mittlerweile waren sie an der Pferdekoppel angekommen.

„Oh!", rief Jakob und blieb abrupt stehen. „Melina hat es doch allein geschafft. Der kleine Wallach wollte den Hänger nicht verlassen und da hatte ich auf deine Pferdeflüsterfähigkeiten gesetzt, aber anscheinend hat Melina alles gegeben, um den Kleinen selbst da runterzubekommen."

Darauf kannst du wetten, dachte Emma. Melina kniete vor einem braunen Minipony, das sich verängstigt umsah. Sie drehte sich zu Emma um, während sie dem kleinen Kerl behutsam auf den Hals klopfte.

„Du kannst gleich wieder in den Stall zurückgehen, wo du heute hingehörst, wir schaffen das hier schon." Melina klang wie immer arrogant und setzte einen überlegenen Blick auf. Emma war das zu blöd. Doch sie bemerkte erfreut, dass Jakob die Augen verdrehte. Wer könnte von so einem Gehabe nicht genervt sein? Außer Melina selbst natürlich.

„Na dann." Emma wandte sich demonstrativ ab. „Viel Glück weiterhin", flüsterte sie, zwinkerte Jakob zu und hastete zum Stall zurück.

„Gut, dass du wieder da bist, ich glaube, es geht los!", rief Leon ihr erleichtert entgegen. Eine Kuh stand völlig verloren in der Stallgasse. Wie bestellt und nicht abgeholt. Emma ging behutsam auf sie zu und legte ihr eine Hand

auf den Rücken. Mit vorsichtigem Druck gab sie der Kuh zu verstehen, dass sie loslaufen sollte. Emma führte sie in die vorbereitete Box.

In dem Moment, als auch die anderen Kühe den Mut fanden, ihr zu folgen, trat Frau Butenloh zu Leon und Emma in den Stall. „Oh, wie wunderbar! Das läuft ja prima hier! Ihr macht das richtig gut." Sie half ihnen, auch die restlichen Schützlinge in ihre Boxen zu führen.

Emma war glücklich, als alle untergebracht waren und sich langsam entspannten. Das Schlimmste hatten sie jetzt hinter sich. Vor ihnen lag ein neues, viel schöneres Leben. Doch erst mal brauchten die Kühe vor allem Ruhe.

Nachdem Frau Butenloh wieder in Richtung Hütte gegangen war, standen Emma und Leon allein im Stall und Leon sprach seine Frage von vorhin noch einmal an. „Was ist denn jetzt eigentlich mit dem Wochenende? Hast du's dir überlegt?"

Emma hatte gar keine Zeit gehabt, groß darüber nachzudenken, aber eigentlich kannte sie die Antwort auch so. Sie wollte sich am Wochenende nicht mit Leon treffen, sondern ihn lieber erst noch besser kennenlernen, ohne dass es gleich so eine Art Date war.

„Nee, also, am Wochenende passt es nicht so gut." Das war zwar nicht ganz ehrlich, aber etwas Besseres fiel ihr nicht ein. Eine unangenehme Pause trat ein. Gerade als Leon anhob, zu antworten, ließ eine der Kühe, die mit dem Rücken zu ihnen stand, derart schwungvoll einen Kuhfladen fallen, dass es be-

denklich in ihre Richtung spritzte. Leons Gesicht glich dem von Melina, wenn sie eine besonders haarige Spinne entdeckte. Angewidert sprang er einen Schritt zurück.
„Na, dann nicht", sagte er zu Emma. Einen Moment lang bemühte er sich, trotz der Worte freundlich auszusehen, sein Ton verriet aber, dass er die Situation im wahrsten Sinne des Wortes beschissen fand. Er ging mit großen Schritten, aber so lässig wie möglich, die Stallgasse entlang und nach draußen an die frische, kuhfladengeruchsfreie Luft. Wenn er eingeschnappt reagierte, nur weil Emma sich nicht sofort mit ihm treffen wollte, konnte er ihr gestohlen bleiben. Schade, dass er so süß aussah mit seinen Herzgrübchen und magisch blauen Meeresaugen.
Nachdem sie die Kühe gefüttert hatte, schlurfte sie zufrieden zu ihrem Fahrrad. Okay, die Sache mit Leon war irgendwie doof gelaufen. Aber alles in allem war es doch ein erfolgreicher Tag auf dem Tierhof gewesen.
Vor dem Tor saßen Leon und Melina auf einer Bank und unterhielten sich. Als Emma näherkam, hörte sie Melina sagen: „Mach dir nichts draus. Die ist total eingebildet, da kann man einfach nichts machen."
„Ja, kam mir auch so vor. Sag mal, hättest du vielleicht Lust, am Samstag mit mir ein Eis essen zu gehen?"
Leon saß mit dem Rücken zu Emma, doch Melina starrte sie über seine Schulter hinweg funkelnd an. „Gerne", sagte Melina genüsslich.

Leon bemerkte Melinas Blick und drehte sich um. Augenblicklich färbten sich seine Wangen dunkelrot. Wenigstens war es ihm peinlich. Warum war er überhaupt hier auf dem Hof? Um den Tieren zu helfen? Oder um eine Freundin zu finden? Hatte Emmas Korb ihn wirklich so verletzt, dass er sich sofort trösten musste? Sie kannten sich doch kaum! Emma spürte, wie wütend und enttäuscht sie war.

Soll Emma Leon an dieser Stelle endgültig aufgeben und Melina freie Hand lassen? Dann lies weiter auf Seite 85.

Oder soll Emma sich lieber etwas überlegen, was Leon dazu bringt, sich klar zu bekennen? Dann lies weiter auf Seite 95.

Ein Chat mit Folgen

Die nächsten zwei Wochen sahen sich Emma und Jakob beinahe jeden Tag. Sie designten Flugblätter, druckten Plakate aus, recherchierten sorgfältig Daten und bereiteten sich Schritt für Schritt auf die Tierschutzaktion vor. Frau Butenloh war sofort begeistert gewesen und hatte für alles, was in ihrer Macht stand, ihre Hilfe zugesichert. Natürlich wollte sie am Freitag bei der Grundsteinlegung auch vor Ort mit dabei sein.

Emma und Leon arbeiteten zwar noch eine Weile zusammen auf dem Tierhof, aber seit der Sache mit Melina war die gute Stimmung zwischen ihnen dahin. Dafür verstand Leon sich jetzt richtig gut mit Melina, was Emma allerdings kein bisschen störte. Selbst Melinas Zickereien prallten an ihr ab. Dabei gab es sogar Momente, in denen ihre eigentliche Erzfeindin nahezu nett war. Vielleicht tat Leon ihr ja gut.

Am Tag vor der Demo zuckte Emma immer wieder unvermittelt zusammen, weil sie einen kurzen Moment glaubte, sie hätte etwas Wichtiges vergessen, bis ihr dann einfiel, dass alles erledigt war. Trotzdem gelang es ihr nicht, sich zu entspannen. Vor dem Einschlafen chattete sie mit Jakob.

Ich bin so aufgeregt! Wahrscheinlich werde ich die ganze Nacht wachliegen, tippte sie.

Jakob schickte sofort ein lächelndes Smiley, dann fügte er hinzu: 😎 Kann ich verstehen, aber denk dran, dass du morgen fit sein musst!

Natürlich hatte er Recht. Wenn das nur so leicht wäre!

Mutig schrieb Emma zurück: Ich könnte ja einfach von dir träumen. Dann geht es mir sowieso gut und ich entspanne mich.

Nachdem sie auf „Senden" gedrückt hatte, las sie sich ihre Worte noch mal durch. Oh mein Gott! War das zu viel gewesen? Ihr Herz schien Purzelbäume zu schlagen, so wild tanzte es in ihrer Brust. Warum antwortete Jakob nicht? Das Warten machte sie ganz verrückt.

Schließlich erschien die Antwort auf ihrem Display: Gute Nacht und bis morgen! Das wird eine super Aktion.

Emma hatte plötzlich einen dicken Kloß im Hals. Mit keinem Wort war Jakob auf das eingegangen, was sie geschrieben hatte. War sie zu weit gegangen? Hatte sie ihre Freundschaft aufs Spiel gesetzt? Irgendwie hatte sie gedacht, auch von Jakobs Seite könnte mehr zwischen ihnen sein als nur Freundschaft. Verdammt, warum hatte sie nicht erst nachgedacht, bevor sie Jakob die Nachricht geschickt hatte?

An Einschlafen war jetzt nicht mehr zu denken. Nachdem sie sich eine Stunde lang hin und her gewälzt und gegrübelt hatte, schnappte sie sich ihren MP3-Player und stellte Musik an. Und endlich, endlich kam der Schlaf.

Warum ist Jakob nicht auf Emmas Worte eingegangen? Um das herauszufinden, lies weiter auf Seite 90.

Treffen auf der Eiche

Leons Blick wanderte von Emma zu Melina und dann zu Jakob, der neben Emma erschien. Leon sah aus, als würde er noch etwas zu Emma sagen wollen, ließ es dann aber bleiben. Auch Emma blieb stumm. Gemeinsam sahen sie und Jakob Leon und Melina nach, wie die sich ihre Fahrräder schnappten und verschwanden, Leon etwas unsicher, Melina eher genugtuend.

„Der möchte wohl alle Mädels hier ganz genau kennenlernen, was? Vollidiot!“, sagte Jakob zähneknirschend.

Es tat so gut, ihn gerade in diesem Moment an ihrer Seite zu haben!

„Tut mir leid, ich hätte von Anfang an mit dir zusammenarbeiten sollen, so wie immer“, sagte sie. „Aber ich wollte Leon eine Chance geben, er ist doch ganz neu bei uns.“

„Ja, du hast einfach ein zu gutes Herz.“ Jakob grinste Emma

an. „Hast du auch gemerkt, dass Melina in letzter Zeit noch schlimmer geworden ist mit ihren Zickereien?" Etwas Besseres hätte Jakob nicht sagen können. „Hoffentlich kriegt sie sich schnell wieder ein."

Jakob wandte sich zum Gehen. Emma reagierte blitzschnell. „Hast du mal wieder Lust auf ein Eichetreffen?", fragte sie. Ihr Herz pochte laut und schnell. „Also, jetzt, meine ich. Wir haben schon lange nicht mehr da oben gesessen und gequatscht. Ich hab das vermisst."

Jakobs Augen leuchteten. „Ja, stimmt. War viel los in letzter Zeit." Er ließ Emma noch einen Moment zappeln. Dann lächelte er und sagte: „Komm, lass uns hochklettern."

Die alte Eiche begrenzte den vorderen Teil der Arche. Emma liebte es hier oben. Sie genoss den Ausblick – und jetzt gerade besonders Jakobs Nähe. Sie saßen auf einem der stabilen Äste und ließen ihre Beine baumeln. Emma rückte auf ihrem Sitzplatz nach vorne und berührte versehentlich Jakobs Hand. Als sie wieder sicher saß, wollte sie ihre Hand von seiner entfernen, doch Jakob griff vorsich-

tig danach. Ihre Blicke trafen sich und es fühlte sich für Emma so an, als würde sie Jakob zum ersten Mal sehen.
Heiße Schauer überliefen sie und verursachten ihr am ganzen Körper eine Gänsehaut. Jakobs Hand war warm, seine Haut leicht angeraut. Seine dunkelbraunen Augen hatten sonst immer etwas Beruhigendes gehabt, doch jetzt bewirkten sie das Gegenteil. Emmas Herz raste. Keiner der beiden sagte etwas. Jakob lächelte liebevoll und streichelte mit dem Daumen über Emmas Handrücken.
Sie schloss die Augen und musste sich zunehmend darauf konzentrieren, nicht vom Ast zu kippen. Bis auf den leichten Wind, der mit den Blättern und Zweigen spielte, war nichts zu hören.
Plötzlich reckte sich Jakob und sagte erstaunt: „Was haben die denn vor?"
Emma öffnete die Augen. Sie sah, wie aus dem Nichts eine Autokolonne erschienen war und nun auf einem Feld in der Nähe hielt.
„Hm, das muss die Baustelle sein, wo dieser neue Schweineschlachthof gebaut werden soll. Ich habe es gelesen und ein paar Insiderinformationen von einem Bekannten meiner Mutter bekommen."
„Was? So in der Nähe? Schreckliche Vorstellung, dass wir in Zukunft hier sitzen und zu einem Ort schauen, wo sie Schweine umbringen."
Emma war überglücklich, dass Jakob davon ausging, dass

sie ab jetzt wieder öfter hier sitzen würden. „Ja, genau, und deshalb darf man auch nicht wegsehen, finde ich. Ich hab schon etwas recherchiert und eine Idee für eine Aktion."

„Dir gehen einfach niemals die Ideen aus. Erzähl mal!" Jakob hielt noch immer Emmas Hand, jetzt drückte er sie sanft und rutschte noch ein Stück näher heran. Die heißen Schauer überliefen Emma jetzt so stark, dass sie sich kurz wünschte, doch besser auf sicherem Boden und nicht in dieser Höhe auf einem schaukelnden Ast zu sitzen.

„Also, ich dachte an so etwas wie eine Demo. Muss ja nicht groß sein, aber wenn einige Menschen mitbekommen, was da hinten vor sich geht, wäre es schon ein Erfolg! Wir könnten ein paar Schweinegeschichten erzählen, davon, dass es sowieso viel zu viel Fleisch gibt und wie es in Schlachthöfen zugeht. Vielleicht könnten wir sogar Spenden für die Arche sammeln."

Einen Moment lang sagte Jakob nichts und beobachtete nur das Geschehen in der Ferne. Mittlerweile stand eine größere Gruppe Menschen neben den Autos und diskutierte.

„Das ist eine super Idee! Ich helfe dir, wo ich nur kann. Wir sollten auch Frau Butenloh einweihen. Die hat gute Kontakte und kann uns bestimmt weiterhelfen."

Emmas Herz hüpfte. Sie war überglücklich.

„Au prima, ich freue mich über deine Hilfe!"

Jakobs Bernsteinaugen leuchteten Emma an. „Wir waren doch eigentlich schon immer das beste Team, du und ich."

Er hielt verlegen inne. „Wann wollen die denn anfangen zu bauen?“, fügte er dann schnell hinzu.
„In zwei Wochen soll der Grundstein gelegt werden und das Beste wäre doch, das Ganze genau an dem Tag zu veranstalten. Oder?“
„Ja, das stimmt. Da bleibt uns allerdings nicht viel Zeit, aber das schaffen wir schon. Wollen wir gleich loslegen? Lass uns doch sofort mit Frau Butenloh sprechen, bevor wir nach Hause fahren.“
„Okay.“ Emma fühlte sich so stark wie schon lange nicht mehr.
Jakob kletterte ihr voran vom Baum. Das letzte Stück sprang er und reichte Emma seine Hand.
Als Emma wieder festen Boden unter den Füßen hatte, merkte sie, dass das nicht allzu viel half. Ihr Körper blieb in einem kribbeligen Schwebezustand, während sie gemeinsam zu Frau Butenlohs Büro schlenderten.

Wie wird es mit Emma
und Jakob weitergehen?
Lies weiter auf Seite 82.

Schwein gehabt!

Den nächsten Vormittag in der Schule brachte Emma so gut es ging hinter sich. Sie zwang sich, nicht an Jakob zu denken, sondern sich einzig und allein auf ihre Demo zu konzentrieren. Direkt nach der Schule brach sie auf. Treffpunkt war natürlich die Arche, wo Emma, Jakob und Frau Butenloh alles in der Hütte untergebracht hatten.

Als Emma auf dem Tierhof ankam, war Jakob schon da. Aufgeregt kam er auf Emma zu, als die ihr Fahrrad anschloss.

„Hey, Emma! Oh Mann, heute ist *der* Tag! Bist du auch so nervös wie ich? Frau Butenloh und ich haben das meiste schon in den Bollerwagen geladen, es kann also gleich losgehen!" Seine Stimme war höher als sonst, zudem fummelte er beim Reden unruhig an seinem Pulli herum.

Derart aufgedreht hatte Emma Jakob noch nie erlebt. Sie freute sich natürlich, dass sie ihn hatte anstecken können mit ihrer Idee, andererseits hatte sie gehofft, dass Jakob etwas zu gestern sagen und nicht so tun würde, als wäre nichts gewesen. Sie konnte sein Verhalten nicht richtig einordnen, aber vorerst wollte sie nicht zulassen, weiter darüber nachzudenken. In ein paar Stunden war immer noch Zeit dafür. Jetzt war die Aktion wichtiger.

„Wollen wir los und der Welt etwas über Schweine erzählen?" Frau Butenloh hatte stolz Haltung vor dem Bollerwagen angenommen und lächelte so zuversichtlich, dass Emma es vor Tatendrang kaum aushielt.

Der kleine Trupp brach zur Baustelle des Schlachthofes auf. Dort bauten sie ihren kleinen Klappstand auf. Einige Schaulustige waren bereits vor den Kränen und Baufahrzeugen aufgetaucht, um das Geschehen zu begutachten.

Jakob ging kurzerhand auf eine Gruppe Frauen zu und kam mit ihnen ins Gespräch. Er drückte ihnen Flugblätter in die Hand, auf denen der kleine Comic abgedruckt war. Den hatten Emma und Jakob selbst gezeichnet. Er zeigte das Leben eines glücklichen Schweines.

Emma und Frau Butenloh legten am Stand Infoblätter über Schlachtbetriebe aus und hängten zum Vergleich dazu Fotos von Schweinen im Herdenverbund und in Freilandhaltung auf.

Immer mehr Neugierige kamen zur Baustelle. Es gab nur wenige Leute, die sich nicht dafür interessierten, was Emma,

Jakob und Frau Butenloh zu sagen und zu zeigen hatten. Manche verzogen erschrocken das Gesicht beim Betrachten von Bildern gequälter Schweine, andere zeigten Dankbarkeit über Einrichtungen wie die Arche.

Am frühen Abend, als die Arbeiter auf der Baustelle die Werkzeuge zur Seite legten, packten auch Emma und ihre Mitstreiter alles wieder zusammen, um den Rückweg anzutreten.

Emma war so glücklich, dass sie die ganze Welt umarmen wollte. Auf jeden Fall Jakob, den sie während des ganzen Nachmittags beobachtet hatte. Er war am offensivsten auf die Leute zugegangen, dabei hatte er all seinen Charme spielen lassen und die, mit denen er gesprochen hatte, offenbar ziemlich beeindruckt. Emma überlegte, wie sie ihm am besten danken sollte, ohne dass er wieder auswich, außerdem war ihr klar, dass sie nicht umhin kommen würde, ihn auf gestern anzusprechen.

Zurück auf dem Hof verstauten sie alles sorgsam in der Hütte. Frau Butenloh umarmte erst Emma, dann Jakob. „Ich bin sehr stolz auf euch, das war wunderbar. Klein, aber fein. Ihr seid klasse."

„Und Sie erst!", antwortete Emma. Es kam aus tiefstem Herzen.

Selbst Gisbert war zur Feier des Tages milde gestimmt und ließ Emma und Jakob bedingungslos passieren, als sie sich auf den Weg zum Tor machten.

„Du, Emma …“, setzte Jakob plötzlich an. „Ähm, hättest du noch Zeit für ein Treffen auf unserer Eiche? Ich muss mit dir reden …“

Uff. Emma war sich nicht sicher, ob das etwas Gutes oder Schlechtes bedeutete. Sie nickte beklommen und folgte Jakob zu ihrem Lieblingsbaum.

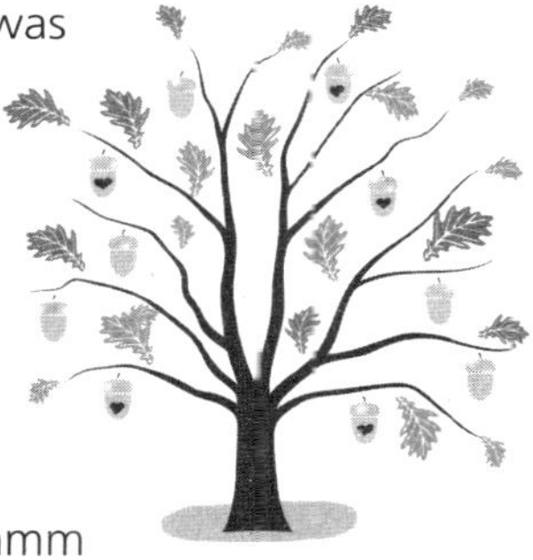

„Ich wollte auch noch mit dir reden“, gestand sie mutig. „Wollen wir heute mal hier unten bleiben?“ Emma setzte sich ins Gras und war froh, sich an den dicken Stamm lehnen zu können.

Jakob ließ sich zögerlich neben ihr nieder, so dicht, dass sie sich leicht berührten. Ein wohliges Gefühl durchlief Emma

„Ich bin dir so dankbar, Jakob. Echt, du warst toll. Danke.“

„Es war ja auch eine geniale Sache und wir setzen uns schließlich für dasselbe Ziel ein.“ Er schwieg eine Weile und atmete flach ein und aus. „Du, wegen gestern … Ich wollte mich noch entschuldigen, ich weiß auch nicht, was los war. Ich bin so glücklich, ich meine, mit dir. Mich hat gestern einfach der Mut verlassen, dir das auch zu sagen, und es tut mir leid. Jedenfalls … Du sollst wissen, dass es mir einfach unglaublich gut geht, wenn du in meiner Nähe bist. Wenn ich dich sehe, kann ich gar nicht mehr richtig denken und so, und weil ich das erst mal selbst klarkriegen musste, war ich in letzter Zeit wohl ein bisschen, na ja, komisch.“

Emma war wie benebelt. Es dauerte einen Moment, bis sie die Bedeutung von Jakobs Worten begriff. Als sie schließlich doch zu ihr durchdrangen, war es, als schlüge eine Welle des Glücks über ihr zusammen, warm und prickelnd. Für einen Moment war Emma vollkommen sprachlos.

„Ich hab echt Schwein mit dir, Jakob“, war alles, was sie mit brüchiger Stimme rausbrachte. Sie blickte in seine wunderschönen braunen Augen. Sein Gesicht kam näher an ihres heran. Auch Emma beugte sich vor. Und dann berührten sich ihre Lippen.

Emma hatte schon oft über ihren ersten Kuss nachgedacht. Aber dass er so weich, so zuckersüß, so himmlisch sein würde, hätte sie nicht zu träumen gewagt.

Ende

Hin- und hergerissen

Emma ergriff die Flucht nach vorne. Sie ging zügig auf Leon zu. „Na, da hast du aber blitzschnell jemand anderen gefunden, der mit dir Eis essen geht! Interessant, dass es dir auch so vorkam, dass ich eingebildet sei – und das nur, weil ich am Wochenende keine Zeit habe."

Emma bedachte Melina mit einem bösen Blick, doch das schien an ihr abzuprallen.

„Emma, so war das doch gar nicht gemeint …" Leon war nun nicht mehr dunkelrot, sondern vollkommen blass.

„Wie war es denn dann gemeint?", fragte Emma schroff.

Leon dachte angestrengt nach.

Melina schnaubte. „Also ehrlich, Leute, ihr habt Probleme." Sie schwang sich elegant auf ihr Fahrrad, warf die langen Haare zurück und radelte davon.

In diesem Moment tauchte Jakob auf. „Tschüss, ihr beiden", sagte er und fuhr mit dem Fahrrad davon, ohne sich noch einmal umzudrehen. Emma hatte seinem Blick nicht entnehmen können, was er dachte.

Endlich hatte Leon seine Sprache wiedergefunden. „Wollen wir uns kurz setzen, vielleicht da drüben auf die Wiese?"

„Okay." Emma folgte Leon, denn sie war wirklich gespannt, wie er sich da rausreden wollte. Sie setzte sich Leon gegenüber ins Gras.

Er holte tief Luft. „Emma, hör zu – ich hab mich da eben irgendwie blöd ausgedrückt mit Melina. Tut mir leid!" Er setzte seinen Welpenblick auf. Emma versuchte, das Bedürfnis zu unterdrücken, näher an ihn heranzurücken. „Ich war enttäuscht, dass du am Wochenende nichts mit mir unternehmen wolltest, einfach, weil ich mich so gefreut hätte." Wie schaffte er es bloß, seine Augen derart strahlen zu lassen? Emma gab sich einen Ruck.

„Bis vorhin hatte ich einen wirklich schönen Tag mit dir", sagte sie. „Es ist nur … Das ging mir alles etwas zu schnell. Und außerdem plane ich gerade diese Sache …"

Um zu erfahren, ob Leon Emma helfen wird, lies weiter auf Seite 70.

Was ist bloß mit Jakob los?

Emma bemerkte, dass Jakob den Atem anhielt, während sie alle auf eine Antwort warteten.
„Ich würde lieber mit Jakob zusammenarbeiten, Leon, wir sind schon ziemlich gut aufeinander eingespielt. Aber so kannst du Melina besser kennenlernen!"
Jakob entspannte sich und atmete tief aus. Leon hingegen sah enttäuscht aus und sofort verschwanden seine Herzgrübchen. Melina legte ihm einen Arm um die Schultern und tat so, als hätte er von Anfang an mit ihr in ein Team gewollt.
„Na, dann ist ja alles klar!", rief sie fröhlich. „Wann treffen wir uns morgen?"
Frau Butenloh nickte zufrieden. „Es wäre klasse, wenn ihr vielleicht schon ein bisschen früher als sonst hier sein könntet, aber nur, wenn es mit der Schule passt. Ich würde sagen, Emma und Jakob kümmern sich um die Ponys und Melina

und Leon um die Kühe. So bekommen wir alles mit Sicherheit gut hin."

Frau Butenloh war immer zuversichtlich und Emma hatte sie noch nie schlecht gelaunt erlebt. Allerdings fühlte sie sich ein bisschen schuldig, dass Leon nun in Melinas Klauen geraten würde, denn die konnte ihre Laune von einem Moment zum nächsten ändern.

Als alle aufstanden, um wieder an die Arbeit zu gehen, fiel Emma sofort Leons ängstlicher Blick in Gisberts Richtung auf. Der Ziegenbock hatte nun mal Anlaufschwierigkeiten mit Menschen, die er nicht kannte, und nahm deshalb gerade Anlauf, um sich mit Leon bekannt zu machen.

Emma sprang schnell dazwischen, packte Gisbert bei den Hörnern und zischte: „Hey, lass das. Leon arbeitet jetzt auch hier!" Sie zwinkerte Leon aufmunternd zu, der daraufhin ein dankbares Lächeln hervorzauberte.

Jakob stapfte grimmig an Leon und Emma vorbei. Was war denn heute los mit ihm?

Der Rest des Nachmittags verlief irgendwie sonderbar. Melina heftete sich an Leon, der wiederum ständig Ausschau nach Emma hielt. Jakobs Laune war weiterhin ungewohnt schlecht und Emma wusste nicht wirklich, warum. Sie versuchte, sich voll und ganz auf ihre letzte Aufgabe für heute zu konzentrieren: den Kaninchen eine Spielwiese zu bauen. Außerdem brauchten sie noch mehr Schattenplätze.

Emma stiefelte zur Werkstatt. Die befand sich in einem alten Schuppen in der Nähe der Hütte. Emma knipste das Licht an und griff nach einer großen Spanplatte, die an der Wand lehnte. Sie markierte das Holz so, dass sie vier kleinere Platten daraus zurechtsägen konnte.
Immer wieder schweiften ihre Gedanken zu Jakob. Warum benahm er sich in letzter Zeit so komisch ihr gegenüber? Normalerweise hatten sie nach den Schichten immer Zeit miteinander verbracht und über alles Mögliche geredet. Jakob war jemand, bei dem sich Emma so wohlfühlte, dass sie ihm auch von all ihren Sorgen und Gedanken erzählen konnte. Als vor einer Weile eine Hündin auf den Hof gekommen war, die unglaublich dankbar und liebevoll war, obwohl sie schon viele schlimme Dinge durchgestanden hatte, hatte Emma sofort ihr Herz an sie verloren. Als diese Hündin namens Amalia allerdings gestorben war, fühlte es sich an, als hätte eine schwere, fiese Eisenkralle Emmas Herz herausgerissen. Jakob hatte sie getröstet, wie es sonst keiner gekonnt hätte. Seine Umarmung damals hatte unendlich gutgetan.

Gerade als Emma sich die Säge zurechtgelegt hatte, klopfte es vorsichtig an der Tür.
„Ja?“, rief Emma und drehte sich um.
Jakob lugte in die Werkstatt herein. „Ich wollte nur eben Tschüss sagen. Ich muss heute schon ein bisschen früher los. Bis Donnerstag dann!“ Er hatte noch nicht einmal eine Er-

widerung von Emma abgewartet und die Tür schon wieder geschlossen. Was sollte das denn jetzt?

Emma legte Säge und Spanplatte erst mal wieder zur Seite und setzte sich auf einen kleinen Hocker neben der Werkbank.

Sollte sie Jakob hinterherlaufen und ihn fragen, was los war? Vielleicht wäre es das Beste, ihn um ein Treffen an ihrem speziellen Treffpunkt zu bitten, einer alten Eiche am Eingang zum Tierhof. Dort hatten die beiden schon die tollsten Gespräche geführt, viel gelacht, geträumt und Pläne ausgeheckt.

Emma sprang auf und rannte zum Hoftor. Jakob wollte gerade auf sein Fahrrad steigen.

„Warte mal. Hast du nicht doch noch Zeit? Vielleicht könnten wir mal wieder auf die Eiche klettern?"

Jakob runzelte die Stirn. Er dachte angestrengt nach. Plötzlich rief Leon quer über den Hof. „Emma? Emma! Wo bist du? Ich hab noch eine Frage an dich!"

Jakob stieg auf sein Fahrrad. „Nee, heute passt es nicht. Vielleicht ein anderes Mal. Geh du lieber zu Leon, der braucht anscheinend gerade deine Hilfe."

Jakob sah wütend aus, aber gleichzeitig traurig. Emma ging es genauso. Einerseits wollte sie so gerne wissen, was mit Jakob los war, wollte ihn wieder lächeln sehen, andererseits war sie sauer, weil er im Begriff war, sie einfach stehen zu lassen und noch nicht mal gesagt hatte, warum er eigentlich wegmusste.

Jakob saß zwar schon auf seinem Rad, fuhr aber noch nicht los. Sollte Emma ihn noch einmal bitten, zu bleiben, oder sollte sie zu Leon gehen und ihm helfen?

Wenn du möchtest, dass Emma Jakob zur Rede stellt, dann lies weiter auf Seite 110.

Wenn du der Meinung bist, dass Emma sich lieber Leon zuwenden sollte, lies weiter auf Seite 128.

Ein turbulenter Nachmittag

Emma war erleichtert, dass mit Jakob wieder alles normal war. Außerdem freute sie sich riesig, dass er sie bei ihrer Aktion unterstützte. Wie erwartet hatte auch Frau Butenloh ihre Hilfe zugesagt. Wenn das so weiterging, würde die Tierschutzdemo ein voller Erfolg werden. Allein die Tatsache, dass Emma eine Möglichkeit bekam, sich für die Schweine einzusetzen, machte sie froh.

Zum ersten Mal würden sich Jakob und Emma auch außerhalb der Arche treffen. Bisher hatten sie sich immer nur auf dem Hof gesehen, weil sie dort sowieso viel Zeit verbrachten und ihren Lieblingstreffpunkt aufsuchten, wo sie am besten ungestört quatschen konnten. Zum Entwerfen der Flugblätter hatten Emma und Jakob aber ein Treffen bei Jakob zu Hause vereinbart. Emmas Herz machte ein paar Extrasprünge, als sie vor Jakobs Haustür stand und vorsichtig klingelte.

Schon komisch, dass sie derart aufgeregt war, obwohl sie sich doch eigentlich schon so lange und gut kannten. Jakob öffnete schwungvoll die Haustür und strahlte. Eine herbe Duftwolke kam Emma entgegen. Hatte Jakob gerade geduscht?

„Hallo, Emma!"

„Hi, Jakob!" Emma trat ein. Der Flur war sonnengelb gestrichen und an der Wand hingen unzählige Fotorahmen. Auf einem der Bilder erkannte Emma sofort Jakob als Kleinkind, wie er am Strand entlanglief.

„Was für ein süßer Nackedei!", rief Emma und kicherte.

Jakob wurde feuerrot im Gesicht. „Mein Zimmer ist da oben", sagte er verlegen und deutete in Richtung Treppe.

EMMA UND JAKOB

„Sag mal, warst du beim Friseur?" Natürlich war Emma sofort aufgefallen, dass Jakob einen neuen Haarschnitt hatte. Kürzer als jemals zuvor. Seine braunen Augen kamen nun noch besser zur Geltung.
„Ähm, ja, sollte mal kürzer sein für den Sommer." Er räusperte sich.
Emma folgte Jakob die knarzenden Stufen hoch und war schwer beeindruckt, als sie in sein Zimmer kam. Eine Wand war türkis gestrichen und mit Postern von fernen Ländern übersät.
„Wow, ist das immer so aufgeräumt? Hier liegt ja nichts herum! Du müsstest mal zu mir kommen, da würdest du wahrscheinlich einen kleinen Schock bekommen."
Neben Jakobs Bett stand ein großes offenes Regal mit vielen Büchern, über dem Schreibtisch hing eine Weltkarte.
„Na ja, nee, immer ist es nicht aufgeräumt, aber es ist ja auch schöner so", druckste er herum. „Außerdem brauchen wir doch Platz für unser Vorhaben."

Langsam gewann Jakob an Selbstsicherheit zurück. „Setz dich", sagte er und deutete auf einen zweiten Stuhl vor dem Schreibtisch. „Der PC ist schon an. Ich hab ein paar Designvorlagen runtergeladen, mal sehen, ob sie dir gefallen."
Emma und Jakob saßen über eine Stunde lang konzentriert am Schreibtisch, feilten an ihren Texten, stellten Bilder zu-

sammen und brachten alles in eine ansprechende Form. Wenn Emmas Gedanken zur Demo schweiften, wurde sie ganz kribbelig. Sie kippelte mit ihrem Stuhl vor und zurück, während Jakob ihr einige abschreckende Schweinebilder zeigte, die seiner Meinung nach mit aufs Flugblatt sollten. In diesem Moment verlor Emma das Gleichgewicht. Mit einem lauten *Kawumms!* kippte sie mit dem Stuhl nach hinten um und Jakob, der sie festhalten wollte, wurde halb mitgerissen. Emma hatte vor Schreck die Augen geschlossen. Als sie sie wieder öffnete, war Jakobs Gesicht sehr nah an ihrem. Er kniete neben ihr, während sie auf dem Boden lag und sich langsam wieder berappelte.

Jakob streichelte Emma ganz behutsam über die Haare. „Mann, hast du mir einen Schrecken eingejagt. Das war echt knapp. Nur ein paar Zentimeter und du hättest dir heftig den Kopf an der Bettkante gestoßen!" Er half Emma vorsichtig hoch und sah sie unverwandt an. Da war irgendetwas in seinem Blick, was Emma noch nicht von ihm kannte. Aber auch sie spürte plötzlich etwas, was ihr Jakob gegenüber neu war. Die Art, wie er ihr über das Haar gestreichelt hatte, wie er sie berührt hatte … Das hatte sich einfach … *richtig* angefühlt. Emma versuchte, sich nichts anmerken zu lassen. „Sorry, ich hoffe, dein Stuhl ist nicht kaputtgegangen."

„Nee, alles gut. Der Stuhl ist doch auch gar nicht so wichtig. Hauptsache, dir geht es gut!"

Emma schoss die Wärme ins Gesicht. Am liebsten wäre sie sofort in einen Pool gesprungen, um sich abzukühlen. Und auch, um klarer denken zu können.

„Ähm, ja …", stammelte sie. Was war nur los mit ihr?!

„Danke für den tollen Nachmittag, ich bin froh, dass wir das Flugblatt im Großen und Ganzen fertig haben. Bestimmt können wir es in der Hütte ausdrucken. Ich muss dann jetzt los."

„Ach so, schon?"

„Ja, ich muss meiner Mutter noch bei etwas helfen."

„Wir sehen uns ja morgen wieder in der Arche, oder?", fragte Jakob hoffnungsvoll.

„Genau." Emma packte hastig ihre Sachen zusammen.

„Ich bring dich zur Tür."

Als Emma und Jakob die Treppe hinuntergingen, schloss gerade jemand von außen die Haustür auf. Eine Frau mit braunen langen Haaren und einem freundlichen Gesicht trat ein. „Hallo, mein Schatz", sagte sie zu Jakob. „Ach, und du musst Emma sein!"

„Ja! Guten Tag!"

„Ich bin Jakobs Mutter und habe schon so viel von dir gehört!" Das „so" betonte sie dabei ganz besonders.

Jakob zog den Kopf ein. Emma sah aus dem Augenwinkel, wie er seiner Mutter einen verzweifelten Blick zuwarf.

„Ich muss jetzt nach Hause, bis bald!", verabschiedete sich Emma schnell.

„Ja, komm gerne bald mal wieder zu uns!“
Jakob schob Emma an seiner Mutter vorbei nach draußen.
„Sorry, meine Ma ist manchmal ein bisschen nervig“, raunte er entschuldigend.
„Ja? Ich fand sie sehr nett.“
Sie verabschiedeten sich unbeholfen.
Auf dem Weg nach Hause ging Emma wie in einer Endlosschleife wieder und wieder den Nachmittag durch. Wenn sie daran dachte, wie nah Jakobs Gesicht dem ihren nach dem Sturz gewesen war, fühlte sie sich immer noch ganz benommen. Er hatte so unglaublich gut gerochen!

Die nächsten zwei Schichten auf dem Tierhof verliefen ganz im Gegensatz zu sonst schleppend und mühevoll. Einerseits wollte Emma so viel wie möglich schaffen, andererseits wollte sie auch in Jakobs Nähe sein. Aber wenn sie in Jakobs Nähe war, konnte sie sich nur schwer konzentrieren. Während Emma nervös vor sich hinplapperte, um unangenehmen Momenten entgegenzuwirken, verfiel Jakob in eine Art Traumstarre. Er stand oft einfach nur herum, lächelte abwesend vor sich hin und hörte nicht richtig zu. Emma wusste nicht, was sie davon halten sollte.
Leon hielt sich meistens an Melina, die die Teamarbeit mit ihm sichtlich genoss. Die beiden hatten mit den neuen Kühen viel mehr zu tun als Jakob und Emma mit den Ponys. Die hatten sich auf dem Tierhof sehr schnell wohlgefühlt.

Wie Jakob und Emma es geschafft hatten, alles zu erledigen, was anlag, und gleichzeitig auch noch die letzten Vorbereitungen für die Demo abzuschließen, war Emma ein Rätsel. Doch das Wichtigste war, dass sie es geschafft hatten und bereit waren für den großen Tag.

Einen Tag vor der Aktion trafen sich Emma und Jakob an ihrer Eiche, um ein letztes Mal alles durchzugehen.
„Also, wir haben den Stand, die ausgedruckten Flugblätter, die Plakate, die Poster ... ach ja, wo sind eigentlich die ganzen Fotos für unsere Schweinefotostory gelandet?"
Emma sah Jakob an, doch der reagierte nicht. „Jakob?"
Er zuckte zusammen. „Ja?"
„Hey, hast du mir nicht zugehört?"
Er starrte Emma an und wurde rot. „Doch, hab ich."
„Na, dann los, lass uns die Fotos eben noch zu den anderen Sachen legen, dann haben wir für morgen auch wirklich alles beisammen."
Emma und Jakob standen gleichzeitig auf. Ihre Hände berührten sich. Emma hatte das Gefühl, als würde ein kleines Männchen in ihrem Bauch einen Doppelsalto mit anschließender Schraube hinlegen.
Jakob hielt wie erstarrt inne.
Mann, wie sollte das denn morgen werden? Wäre es nicht wichtig, vorher darüber zu sprechen, was gerade zwischen ihnen passierte? Oder sollte sie es einfach hinnehmen, wie es

war? Aber wenn sie morgen beide neben der Spur sein würden, könnten sie ihre Atkion vergessen. Außerdem müssten sie das früher oder später doch sowieso mal klären. Oder konnte man einfach von einer Freundschaft zu Verliebtsein wechseln? Musste man den Übergang aushalten, so wie wenn man sich die Haare lang wachsen ließ und zwischendurch unmöglich aussah?

Emma schaute unsicher zu Boden, Jakob atmete tief ein und aus, immer wieder, vielleicht um sich zu beruhigen. Konzentrier dich, redete Emma in Gedanken mit sich selbst. Was machst du jetzt?

Sollte Emma den Moment nutzen und mit Jakob über ihre Gefühle reden? Dann lies weiter auf Seite 114.

Oder möchtest du, dass Emma erst die wichtige Tierschutzaktion durchzieht und danach mit Jakob spricht? Dann lies weiter auf Seite 117.

Die beste Nachricht des Tages

„Warte bitte kurz, Jakob!"

Emma ging ein paar Schritte zurück durchs Hoftor und rief Leon zu: „Ich bin hier, aber ich kann gerade nicht. Bitte frag jemand anderen, okay?"

„Ist gut", entgegnete Leon leicht enttäuscht.

Emma ging zurück zu Jakob, der wieder von seinem Fahrrad abgestiegen war.

„So, und jetzt reden wir!" Emma war selbst überrascht von ihrem herrischen Tonfall. „Kommst du mit zum Werkzeugschuppen? Da liegt noch mein ganzer Kram." Jakob nickte nur und folgte Emma wortlos.

Im Schuppen schwang sich Emma auf die Werkbank, Jakob tat es ihr gleich. Er sah verlegen aus.

„Und jetzt sag mir bitte, was mit dir los ist", forderte Emma.

Jakob schluckte. „Ich bin einfach nicht so gut drauf in letzter Zeit."

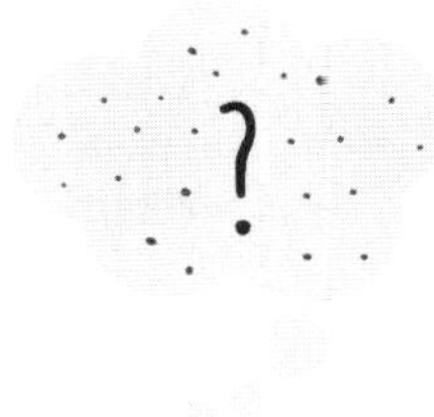

„Aber dafür muss es doch einen Grund geben!"
„Nee, keine Ahnung. Einfach so."
„Und warum redest du nicht mit mir? Wir quatschen doch sonst auch über alles! Ich hab sogar das Gefühl, dass du mir aus dem Weg gehst. Ich hab dir noch nichts getan, oder?"

Jakob sah sie erschrocken an. „Nein!"
„Hm. Nun ja. Wollen wir dann wenigstens abmachen, dass wir uns Donnerstag nach der Arbeit auf der Eiche treffen? Ich wollte dir sowieso noch von einer Idee erzählen."
Endlich leuchteten Jakobs Augen wieder ein bisschen. „Was denn für eine Idee? Magst du mir nicht jetzt davon erzählen? Dann helf ich dir beim Sägen, so bist du schneller fertig."
„Ich dachte, du musst los?"
Jakob sah unsicher zu Boden. „Ja, schon … aber das, was ich vorhatte, verschiebe ich einfach." Er ließ die Beine baumeln.
„Okay. Also – da hinten im Meinardiusweg soll ein Schlachthof für Schweine gebaut werden und da ich das absolut bescheuert finde, habe ich mir überlegt, dagegen zu demonstrieren. Gegen den Bau, gegen Schlachthöfe überhaupt und für die artgerechte Haltung von Schweinen natürlich."

Jakob sah aus, als sei das die beste Nachricht des ganzen Tages. „Du bist so genial, Emma. Natürlich mache ich mit! Und ich bin sicher, dass Frau Butenloh uns auch unterstützt. Was gibt es denn noch alles zu tun? Für wann hast du das Ganze geplant?"
„Ja, das ist der Haken an der Sache. Ich finde, der Tag der Grundsteinlegung wäre perfekt. Der ist aber schon in zwei Wochen, das habe ich von einem Bekannten meiner Mutter erfahren."
„Kein Problem! Zusammen kriegen wir das hin."

Und plötzlich war er zurück, der alte Jakob. „Was sollten wir als Erstes angehen?"

„Na, das Sägen. Du hast doch versprochen, zu helfen. Wie Frau Butenloh immer sagt, das, was zuerst dran ist, sollte man auch zuerst tun. Und ich hab den Kaninchen schon lange ein paar neue Schattenplätze versprochen, besonders jetzt, wo es so heiß ist." Sie knuffte Jakob in die Seite und zwinkerte ihm zu. Sofort erschien ein hellrosa Schein auf seinen Wangen. Er sprang von der Werkbank und klatschte in die Hände. „Na, dann los!"

Ob zwischen Emma und Jakob jetzt wieder alles so wie früher sein wird? Lies weiter auf Seite 102.

Alles vermasselt?

Jetzt oder nie. Emma holte ebenfalls tief Luft. „Du, Jakob, ich muss dich da mal etwas fragen … Oder dir etwas sagen … Ach, ich weiß es doch auch nicht."

Jakob zog erschrocken die Augenbrauen hoch und wurde ein bisschen blass. „Aha, so, und was?", erkundigte er sich unsicher.

Emma seufzte und war froh, dass sie an diesem heißen Tag und besonders in dieser Situation im Schatten der großen Eiche standen.

„Ich, wir, ähm, da kribbelt was. Oder?"

Oh Mann. Bescheuerter hätte sie sich echt nicht ausdrücken können. Jakob sah Emma zwar an, aber irgendwie auch nicht. Es war, als würde er mit aufgerissenen Augen durch sie hindurchstarren.

Er trat einen Schritt zurück. Dann noch einen. Und noch einen.

„Ich … Äh, ich muss los, ganz dringend, sorry!“, stammelte er. „Wir sehen uns morgen.“
Er hatte es so eilig, zu seinem Fahrrad zu kommen, dass er stolperte und beinahe hingefallen wäre. Emma sah ihm noch lange nach. Als Jakob schon längst nicht mehr zu erkennen war, erwachte Emma langsam aus ihrer Starre. Wie ferngesteuert schleppte sie sich in die Hütte, suchte die Schweinefotos zusammen, verabschiedete sich von Frau Butenloh und fuhr nach Hause.
In ihrem Zimmer ließ sie sich aufs Bett fallen, das bedrohlich knarzte. Was war denn das gewesen? Hatte Emma es jetzt total vermasselt? Kribbelte es tatsächlich nur bei ihr so sehr? Hatte sie sich einfach getäuscht? Vielleicht hatte sie jetzt alles kaputt gemacht. Hoffentlich konnte Jakob sich wenigstens morgen zusammenreißen, so dass jetzt nicht auch noch die Aktion in die Hose ging. Warum hatte sie nicht einfach ihre Klappe gehalten und gewartet?

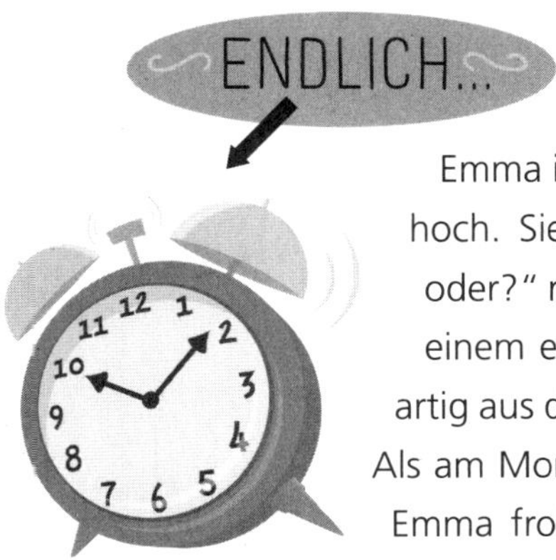

Immer wieder schreckte Emma in dieser Nacht aus Albträumen hoch. Sie hörte sich „Da kribbelt was, oder?“ rufen und sah vor sich Bilder von einem entsetzten Jakob, der sich blitzartig aus dem Staub machte.
Als am Morgen der Wecker klingelte, war Emma froh, dass die schreckliche Nacht

überstanden war. Sie freute sich zwar auf die Tierschutzaktion, die ihr so am Herzen lag, aber sobald sie an Jakob dachte, hatte Emma einen fetten Kloß im Hals.

Ob die Aktion ein Erfolg wird? Und wie geht es mit Emma und Jakob weiter? Um das zu erfahren, lies weiter auf Seite 90.

Eine saumäßige Show

Emma entschied sich dafür, schnell von der Situation abzulenken. Je länger sie nachdachte, desto weniger wusste sie, was sie zu Jakob sagen sollte. Also konzentrierte sie sich voll und ganz auf morgen.

„Du, ich hab eine Idee!", rief sie plötzlich. „Wieso bin ich nicht früher darauf gekommen?"

Jakob sah erleichtert aus. „Was denn für eine Idee?"

„Wie wäre es, wenn wir morgen Teacup mitnehmen?"

Jakob grinste. „Das verrückte Hängebauchschwein?"

„Verrückt? Teacup ist doch nicht verrückt! Ein bisschen frech vielleicht, okay, aber immerhin kann sie sogar ein paar Pigdancing-Tricks und läuft auch super am Geschirr.

Mit ihrer Hilfe könnten wir erstens mehr Sympathie für Schweine schaffen und zweitens noch lebendigere Werbung für die Arche machen!"

„Ja, da hast du natürlich Recht. Komm, lass uns Frau Butenloh fragen, ob das in Ordnung wäre."

Emma und Jakob stiefelten zu Frau Butenlohs kleinem Häuschen. Jakob klopfte. Als Frau Butenloh aus der Tür trat und Emma und Jakob dort stehen sah, erschien ein breites Lächeln auf ihrem Gesicht. „Hallo, ihr beiden! Habt ihr noch immer keinen Feierabend gemacht?"

Emma trippelte nervös von einem Fuß auf den anderen. „Nee, wir haben noch etwas besprochen und da ist uns eine Idee gekommen. Wie wäre es, wenn wir morgen Teacup mitnehmen würden? Wenn die Leute ein lebendiges Schwein und dazu noch ein so süßes vor Augen haben, können sie bestimmt noch besser verstehen, was wir meinen. Außerdem würden wir auf diese Weise ganz leicht einige Schweinefans gewinnen, die bisher eventuell noch keine waren. Manche haben vielleicht sogar noch nie ein Schwein gesehen oder angefasst."

Frau Butenloh überlegte eine Weile, bevor sie antwortete. „Ich stimme dir zu, dass sich Teacup besonders gut dafür eignen würde. Eigentlich finde ich es nicht gut, Tiere so einem Stress auszusetzen, aber deine Argumente haben mich überzeugt. Außerdem wird es höchstwahrscheinlich sowieso eher eine kleine Aktion werden und Teacup ist das gelassenste

Schwein, das ich kenne. Wir müssen einfach gut achtgeben, dass es ihr nicht zu viel wird. Wenn das passiert, müsste einer von uns sie zwischendurch zurück auf den Hof bringen." Frau Butenloh drehte ihren Kopf in Richtung Schweinegehege. „Wir können zwar kein Schweinisch sprechen und Teacup somit nicht fragen, aber ich habe das Gefühl, dass sie auch von sich aus zustimmen würde, wenn sie wüsste, dass es um ihre großen Kollegen geht, denen eine nicht gerade rosige Zukunft bevorsteht."

„Super!" Emma sprang vor Freude in die Luft. „Dann suchen wir noch eben ihr Geschirr und ihre Leine. Die sind bestimmt im Vorratsschuppen, oder?"

„Ja, genau, da müsstet ihr sie finden. Soll ich mitkommen?"

„Nee, wir machen das schon", antwortete Jakob und grinste Emma an. „Bis morgen!"

„Ja, bis dann, ihr Lieben. Ich bin schon sehr gespannt! Ach, und da es schon so spät ist: Könntest du Emma noch nach Hause begleiten, Jakob? Fahrt ihr nicht sowieso in die gleiche Richtung?"

„Ja, na klar! Ich bringe Emma bis zur Haustür!" Das klang richtig stolz.

„Prima, also dann!"

Frau Butenloh winkte und verschwand wieder in ihrem Haus. Emmas Herz klopfte so schnell, dass es sich anfühlte, als würde es in ihrer Brust einen Salto nach dem anderen

schlagen. Bei Jakobs Worten war ein unglaubliches Gefühl von Glück durch ihren ganzen Körper gekrochen.
Reiß dich zusammen, Emma, forderte sie sich selbst auf. Schließlich wusste sie noch nicht, wie sie Jakobs plötzliche Gefühlsschwankungen deuten sollte.
Jakob und sie wurden im Vorratsschuppen schnell fündig, legten Teacups Sachen in den Vorraum der Hütte und streichelten Gisbert, der seinen Kopf weit nach oben reckte, damit Emma und Jakob auch ja keine Stelle an seinem Hals ausließen.

Die beiden waren schon oft nach ihrer Schicht gemeinsam nach Hause gefahren, aber ab einem bestimmten Punkt hatten sich ihre Wege sonst immer getrennt und sie waren in verschiedene Richtungen abgebogen.
Heute fuhren sie bis zu Emmas Haustür nebeneinander her. Jakob stieg als Erster vom Fahrrad. „Puuhh, ich bin schon richtig aufgeregt wegen morgen. Aber das wird alles gut werden, besonders mit Teacup."
Emma fiel zum ersten Mal auf, dass Jakobs Wimpern ungewöhnlich lang für einen Jungen waren. Überhaupt waren seine Augen einfach nur schön. War ihr das bisher wirklich entgangen?
„Ich bin froh, wenn endlich morgen ist", sagte sie. „Ich bin schon ganz aufgeregt. Hoffentlich kann ich einschlafen."
„Wenn ich nicht einschlafen kann, stelle ich mir manchmal

etwas ganz Besonderes vor und meistens träume ich dann auch davon."
Emma musste nicht lange überlegen, was sie sich vorstellen wollte – oder besser gesagt, wen. „Gut, das probiere ich mal aus", sagte sie schnell und wandte den Blick ab, damit Jakob nicht bemerkte, wie sie dunkelrot anlief. „Bis morgen! Und danke fürs Nachhausebringen!"
„Ist doch klar. Ciao, Emma!" Er schwang sich lässig auf sein Fahrrad, winkte und sauste davon.

Je länger Emma beim Einschlafen an Jakob dachte, desto klarer wurde ihr, dass sie morgen unbedingt mit ihm reden musste. Oder sollte sie ihn einfach küssen? So fand sie vielleicht am schnellsten heraus, was Jakob empfand. Na ja, igendetwas würde sich schon ergeben. Aber erst mal wollte sie die Demo erfolgreich hinter sich bringen. Danach war be-

stimmt noch Zeit, auf Jakob zuzugehen ... Es sei denn, der Mut würde sie verlassen. Doch wenn ihr Bauchmännchen weiterhin so verrückt spielte, blieb ihr einfach keine andere Wahl.

Und dann schlief Emma endlich ein.

Als sie am nächsten Tag am Tierhof ankam, legte Frau Butenloh Teacup gerade das Geschirr an. Gisbert, der von Schweinen immer sehr beeindruckt war, beäugte das Hängebauchschwein neugierig aus sicherer Entfernung.

„Hallo, Emma! Teacup ist heute besonders gut drauf! Ich glaube, sie wird genauso viel Spaß haben wie wir."

„Hallo! Wunderbar!"

Teacup grunzte ausgelassen. Im selben Moment näherte sich Jakob mit federndem Gang.

„Hey!", rief er schon von Weitem. Als er vor Emma stand, fügte er hinzu: „Hast du gut geschlafen?" Er strahlte.

Emma spürte, wie ihr Gesicht zu kribbeln begann. Sie hatte gut geschlafen und Jakob im Traum getroffen. Das war ihr so real vorgekommen, als müsste er davon etwas mitbekommen haben.

Bevor Emma antworten konnte, ging Frau Butenloh auf die beiden zu. Teacup trabte brav an der Leine neben ihr her.

„Am besten zieht ihr den Wagen und Teacup und ich gehen hinterher, um sicherzugehen, dass wir unterwegs nichts verlieren."

„Ist gut“, sagte Jakob, ging zum Bollerwagen und griff nach der Deichsel.
Emma tat es ihm gleich. Einen kleinen Moment lang berührte sie Jakobs Hand und ein Stromstoß von ungeahntem Ausmaß zuckte durch ihren Körper. Jakob ließ sich nichts anmerken, vielleicht hatte er auch gar nichts davon mitbekommen. Mann, wenn das so weiterging, wusste Emma nicht, wie sie den Nachmittag überstehen sollte.
Zum Glück war alles so gut vorbereitet, dass es wie von selbst lief, als Emma, Jakob und Frau Butenloh ihren Stand in der Nähe des zukünftigen Schlachthofs aufbauten. Die ersten Leute, die aufmerksam wurden, waren sehr wohlwollend und interessiert. Sie waren beeindruckt vom Flugblatt über die Arbeit der Arche, von Teacup ganz zu schweigen. Eine ältere Frau streichelte sie so lange, dass Teacup vor lauter Entspannung richtig schläfrig wurde.

„Ich finde das da auch nicht richtig“, sagte die Frau entschlossen, zeigte auf die Baustelle und ließ ihre Hände weiter über den borstigen Rücken des Hängebauchschweins gleiten.
Es gab aber auch einige Schaulustige, die sich vom Team der

Arche geradezu gestört fühlten. Doch Teacup schien zu spüren, wann es besonders nötig war, sich von ihrer rosigsten Seite zu präsentieren. Sie zog eine saumäßig charmante Show ab und machte auch nicht davor Halt, ein paar Kunststückchen vorzuführen, jeweils gefolgt von einem herzerweichenden Blick aus ihren kleinen Schweinsaugen, als würde sie sagen wollen: Guckt doch her! Ich bin schlau und auch ich habe Gefühle!

Emma gelang es, sich voll und ganz auf die Aktion zu konzentrieren und das Prickeln, das der Anblick von Jakob nach wie vor in ihr auslöste, vorerst zu ignorieren. Mit jedem weiteren Gespräch, das sie über ihr Anliegen führte, wurde sie glücklicher. Letztendlich war das alles, was sie gewollt hatte – sich für die Schweine starkzumachen und ein bisschen Aufmerksamkeit zu gewinnen.

Natürlich war ihr klar gewesen, dass sie mit ihrer Idee den Bau nicht würde stoppen können, aber in der Hütte der Arche hing ein Poster und auf dem stand: „Jeder Weg beginnt mit einem kleinen Schritt". Und diesen kleinen Schritt hatte sie heute getan. Jedenfalls was den Tierschutz anging. Jakob war da ein ganz anderes Thema.

Frau Butenloh war ganz begeistert, dass so viel mehr Menschen erschienen waren, als sie gedacht hatte. Am frühen Abend fragte sie Jakob und Emma, ob sie die Aktion an dieser Stelle beenden wollten. Emma und Jakob willigten ein und nachdem sie alles zusammengepackt hatten, lobten sie

Teacup für ihr Durchhaltevermögen. Jakob bot an, das Klappgestell des Stands auf seinen Schultern zu tragen, damit Teacup im Bollerwagen sitzen konnte. Schließlich sei der Stand ja nicht allzu schwer und der Weg recht kurz.
Emma fand das unglaublich süß von ihm.
Müde, aber glücklich und zufrieden kamen sie schließlich wieder auf dem Hof an, im Bollerwagen ein thronendes Schwein, das zu grinsen schien. Teacup wurde von seinen Freunden mit gebührendem Grunzen begrüßt.

Emma, Jakob und Frau Butenloh räumten alles auf und verabschiedeten sich dann. Frau Butenloh hatte noch einen wichtigen Termin.
„Ich danke euch. Ich hoffe, es wird in Zukunft immer mehr Menschen geben, die so ticken wie ihr. Bis nächste Woche! Falls ihr feiern wollt, ich habe zwar keine frische Limonade vorbereitet, aber wir haben ein bisschen Brausepulver im Vor-

ratsschrank, in der untersten Schublade. Also, ich muss los! Bis nächste Woche, ihr Lieben!"

„Vielen Dank für alles!", rief Emma.

Sie sahen zu, wie Frau Butenloh in ihren alten Jeep stieg und davonbrauste.

„Wollen wir noch zur Eiche?", fragte Emma mit laut klopfendem Herzen.

„Ja, super Idee!", antwortete Jakob.

Emmas Herz machte einen Luftsprung. „Warte, ich hole eben die Brause und Wasser."

Während Emma wartete, dachte sie daran, dass sie überhaupt keine Brause brauchte, um am ganzen Körper ein prickelndes Gefühl zu haben. Dazu reichte einzig und allein Jakobs Anwesenheit. Wie sollte sie ihm bloß sagen, was sie für ihn empfand?

Kurze Zeit später kam Jakob zurück und stellte die Karaffe mit der Brause und zwei Gläser unter dem Baum ab. Dann schenkte er ihnen ein.

„Prost! Auf dich!", rief er ausgelassen und hielt Emma das Glas hin. Nervös nippte sie daran, stellte es aber sofort wieder ab und konzentrierte sich darauf, auf die Eiche zu klettern. Als Jakob und sie auf ihrem angestammten Ast angekommen waren, hielt sie es nicht länger aus. Sie rückte vorsichtig ein Stückchen näher an Jakob heran.

„Also, ich muss dir noch etwas sagen", platzte es etwas zu laut aus ihr heraus.
„Ja?"
„Obwohl, eigentlich weiß ich nicht wie."
Und dann küsste sie Jakob, einfach so. Und er küsste sie zärtlich zurück.

Ganz schön kompliziert!

Emma beschloss, dass ihr die Sache mit Jakob zu blöd war. Wenn er fahren wollte, dann sollte er doch fahren.

„Na dann, tschüss!" Sie nickte ihm kurz zu und rannte zu Leon, drehte sich aber noch mal nach Jakob um, der bereits wie wild in die Pedale trat und davonbrauste. Blödmann.

„Was gibt es denn?", wollte Emma von Leon wissen.

Er baute sich vor ihr auf und zwinkerte ihr zu. „Ich habe gehört, du bist so eine Art Tierflüsterin. Und da wollte ich gerne mal wissen, wie man Kühe am besten beruhigt."

Und dafür hatte er über den ganzen Hof geschrien?

„Das hättest du doch auch Melina oder Frau Butenloh fragen können! Und wer hat überhaupt gesagt, dass ich eine Tierflüsterin bin?"

„Melina!" Leon deutete mit dem Kopf hinter sich, wo Melina gerade mit einer Schubkarre voller Heu um die Ecke bog. Es

fiel Emma schwer, zu glauben, dass Melina das gesagt haben sollte.
„Ich weiß nicht, ob es da eine bestimmte Vorgehensweise gibt, das Beste ist einfach, wenn man Ruhe ausstrahlt, das überträgt sich dann automatisch auf die Tiere."
„Oh, danke für den Tipp!"
Leon strahlte so sehr, als hätte Emma ihm gerade die Lottozahlen der nächsten Ziehung verraten.
„Ich mach dann mal weiter. Ich hab etwas in der Werkstatt angefangen für die Kaninchen. Die zählen auf mich. Bis später!" Sie winkte Leon kurz zu und ging davon.

Melina näherte sich sowieso bereits aus dem Hinterhalt, wahrscheinlich weil sie es nicht leiden konnte, dass Leon und Emma sich unterhielten.
Zurück in der Werkstatt konnte sie die Gedanken an Jakob nicht weiter verdrängen. Kurz zog Emma in Erwägung, ihn anzurufen, drängte diese Idee dann aber beiseite. Bestimmt war es wirklich das Beste, ihn erst mal in Ruhe zu lassen. Während der nächsten Schichten würde er vielleicht von sich aus damit rausrücken, was in ihm vorging. Und dann konnte Emma ihm auch von der Idee erzählen, die seit einer Weile in ihrem Kopf herumschwirrte.

Leider brachten die nächsten Zusammentreffen mit Jakob jedoch keine Besserung der Situation. Er erzählte nicht, was mit ihm los war, und redete auch sonst nur das Nötigste mit Emma. Anscheinend war er sauer, dass sie ihn wegen Leon hatte stehen lassen. Aber wie albern war das denn, vor allem, weil er doch sowieso schon hatte fahren wollen?

Die Krönung des Ganzen war, dass Frau Butenloh nach Ankunft der neuen Tiere eine weitere Besprechung in der Hütte einberief und darum bat, ob man die Teams doch noch einmal tauschen könnte.

„Wieso das denn?“, erkundigte sich Melina.

„Jemand hat mich darum gebeten und deshalb würde ich gerne wissen, ob das möglich ist.“

Jemand hatte sie darum gebeten. Jakob natürlich. Wie konnte er es wagen, zu Frau Butenloh zu gehen, statt einfach mit Emma zu sprechen? Sie spürte, wie die Wut in ihr hochkochte.

„Kein Problem“, sagte sie durch zusammengepresste Zähne. „Ich freue mich, Leon! Dann kümmern wir uns ab jetzt zusammen um die Ponys, okay?“

Sie ging demonstrativ zu Leon hinüber, der etwas unsicher zwischen Emma und Melina hin- und hersah. Jakob hatte seit Beginn der Besprechung nicht ein Mal hochgesehen. Anscheinend hatte er etwas Wichtiges auf dem Boden entdeckt, was all seine Aufmerksamkeit forderte.

„Und ihr beiden?" Frau Butenloh sah fragend zu Melina und Leon.
„Einverstanden", sagten sie. Leon lächelte, doch Melina warf Emma einen bösen Blick zu.
„Prima, danke für euer Verständnis!"
Verständnis gegenüber Jakobs Verhalten hatte Emma zwar nicht, aber wenn er es so wollte, würde sie gerne mehr Zeit mit Leon verbringen.
Auf der Ponykoppel legte Leon ihr eine Hand auf die Schulter. „Das war ja echt seltsam eben. Ist aber doch schön so."
Emma rechnete ihm hoch an, dass er im Gegensatz zu Jakob nicht die beleidigte Leberwurst spielte, obwohl Emma ihm gleich am ersten Tag einen Korb gegeben hatte. Ein Shetlandpony kam von der anderen Seite der Koppel auf Emma zu und schnüffelte an ihrem Pullover. Dann spitzte es die Ohren, beobachtete Emma und schmiegte sich an sie.

Leon war schwer beeindruckt. „Wow, dabei kennt dich der kleine Bursche kaum! Also hatte Melina doch Recht. Du bist eine Tierflüsterin."

„Ich mag Tiere einfach gerne, ich meine, so richtig gerne. Das spüren die sofort."

Emma und Leon machten sich daran, die Einzelteile des behelfsmäßigen Holzzauns, der von nun an die Esel- von der Ponykoppel trennen sollte, aneinanderzuknoten, um ein möglichst langes Stück zu gewinnen. Emma kam in den Sinn, dass sie die Idee, die sie nicht mehr losließ, wohl in nächster Zeit nicht mit Jakob würde teilen können. Die Zeit war aber sowieso schon knapp und Hilfe würde sie auf alle Fälle benötigen. Sie beobachtete Leon eine Weile. Entschlossen und tatkräftig werkelte er am Zaun. Schließlich nahm sie all ihren Mut zusammen. „Du, Leon, ich würde dir gerne von etwas erzählen."

Leon sah auf und lächelte. „Das klingt aber geheimnisvoll."

„Ja, bisher war es auch mein Geheimnis, aber jetzt muss ich es mal loswerden. Ich könnte dabei deine Hilfe gebrauchen."

„Jetzt bin ich aber wirklich gespannt!"

„Es ist so: In zwei Wochen soll damit begonnen werden, hier in der Nähe einen neuen Schweineschlachthof zu bauen."

Leon zog fragend die Augenbrauen nach oben. Bestimmt hatte er mit allem Möglichen gerechnet, aber nicht damit, dass sich Emmas Geheimnis um einen Schlachthof drehte.

„Na ja, und weil ich das nicht in Ordnung finde und überhaupt der Meinung bin, dass ganz besonders die Schweine in der Massenhaltung so gequält werden, möchte ich eine Demo organisieren. Was hältst du davon?"

Während Leon weiter am Zaun bastelte, ließ er sich Emmas Worte durch den Kopf gehen, jedenfalls sah er so aus, als würde er angestrengt nachdenken. Plötzlich blickte er auf und sagte: „Ich finde, das ist eine gute Idee. Mutig auf jeden Fall. Und es passt auch zu dir. Ich bin da nicht ganz so mutig, aber ich werde dich auf jeden Fall unterstützen! Was kann ich tun?"

Leons Augen funkelten tiefblau.

„Danke!" Emma musste zugeben, dass sie überrascht war. So eine Reaktion hatte sie Leon gar nicht zugetraut. „Ich habe schon ziemlich viel vorbereitet. Wie wäre es, wenn du mich mal besuchst und ich dir alles zeige?"

Jetzt war es Leon, der überrascht wirkte. „Gerne!", rief er ein bisschen zu laut.

Den Rest des Nachmittags arbeiteten Leon und Emma gut gelaunt bei den Ponys und erledigten alles, was den neuen Archebewohnern das Leben ein bisschen schöner machen konnte. Natürlich gehörten dazu auch eine Menge Streicheleinheiten. Trotz allem, was die kleinen Kerle erlebt hatten, waren sie freundlich und verschmust. Oder gerade deshalb, dachte Emma, schließlich hatten sie einiges nachzuholen.

Emma sah Jakob erst am Ende der Schicht wieder. Er wirkte traurig, was Emmas Herz zwar einen Moment lang richtig schwer machte, sie dann aber auch ärgerte, denn schließlich hätte das alles nicht so kommen müssen. Und da sagte man, Mädchen seien kompliziert. Emma fand, es war genau umgekehrt.

Sie hatte Leon schon am folgenden Tag zu sich eingeladen in der Hoffnung, dass mit ihm alles ganz leicht und schön sein würde. Pünktlich um vier klingelte er an Emmas Haustür und sie stürmte los, um aufzumachen.
„Hey!", begrüßte er sie und zeigte ihr seine Herzgrübchen.
„Hi, komm rein!" Emma führte Leon in ihr Zimmer. Auf dem Sofa hatte sie alles ausgebreitet, was sie bisher an Materialien zusammengetragen hatte.
„Wow, das ist ja der Hammer! Du bist eben wirklich ganz besonders."
Wie schaffte Leon es bloß, solche Sachen einfach mal eben so zu sagen? Emma musste lächeln.
„Danke. Aber das sind Schweine auch!"
Leon kicherte.
„Warum lachst du denn?"
„Naja, es fällt mir schwer, dich mit einem Schwein zu vergleichen. Ich bin ganz ehrlich. Meine bisherigen Erfahrungen mit Schweinen haben sich einzig und allein auf meinem Teller abgespielt."

Ehrlichkeit hin oder her, Emma hatte plötzlich Zweifel, ob Leon wirklich der richtige Helfer für ihre Aktion war. Mit Jakob hätte sie sich in dieser Hinsicht keine Sorgen machen müssen, denn von ihm wusste sie sicher, wie sehr er Tiere liebte.
Leon schien Emmas Gedanken zu lesen. „Sorry, ich wollte einfach nur ehrlich sein. Das heißt aber nicht, dass ich Schweine und auch andere Tiere von nun an nicht auch mit anderen Augen betrachte. Ich habe mich doch nicht umsonst für einen Job bei der Arche gemeldet. Ich hatte zwar in erster Linie an Hunde, Katzen und so gedacht, aber auf diese Weise lerne ich alle möglichen Tiere kennen und kann helfen."
Emma setzte sich vor das Sofa auf den Boden, Leon tat es ihr gleich. „Das sagen die Leute oft, aber wo ist denn da der Unterschied? Warum behandeln wir Hunde wie Freunde und Schweine wie Essen?"

Leon lehnte sich zurück. „Hm. So hab ich das noch nie gesehen. Ich finde es große Klasse, wie du dich einsetzt. Und außerdem hast du dabei so ein schönes Blitzen in deinen Augen … Echt, wow."

Leon hatte es mal wieder geschafft, dass Emma absolut nicht wusste, was sie antworten sollte. Sein Blick fiel auf ihre Pinnwand über dem Bett. „Darf ich mir die Bilder mal ansehen?"

„Ja klar, warum nicht."

Leon lehnte sich über Emmas Bett und studierte lächelnd ihre Fotowand. Einen Moment lang bereute Emma, dass sie einige der Bilder nicht schon längst mal ausgetauscht hatte. Leon musste sie ja nicht unbedingt gleich in dem Bikini sehen, den sie im letzten Urlaub getragen hatte. Der gefiel ihr sowieso nicht mehr.

„Wer ist das denn alles?", fragte Leon jetzt und zeigte auf ein Foto, auf dem sich viele Mädchen in Trikots zusammendrängten.

„Ach, das ist meine Handballmannschaft. Das war letzten Sommer, da haben wir ein Turnier gewonnen."

„Da siehst du so glücklich und stolz aus. Total süß."

Emma wurde warm und sie öffnete das Fenster. „Wollen wir jetzt weiter für die Demo planen?" Sie lächelte Leon unsicher an, und als er zurücklächelte, hatte sie einen klitzekleinen Moment lang das Gefühl, sie würde

vom Boden abheben. Schnell konzentrierte sie sich auf die Vorbereitungen.
Dafür, dass Leon vor diesem Treffen anscheinend der Meinung gewesen war, dass sich keine Sau so sehr für Schweine interessierte wie Emma, hatte er viel bessere Ideen für ihre Aktion, als Emma gedacht hätte.

Während der nächsten Arbeitstage auf dem Hof blieb die Stimmung zwischen Emma und Jakob unverändert. Sie redeten nur das Nötigste und schlugen dabei einen unterkühlten Tonfall an. Ganz im Gegensatz zu Leon, der in Emmas Nähe immer ein Feuerwerk an Freude abfeuerte, verhielt sich Jakob wie ein missmutiger alter Esel.
Trotzdem musste Emma immer wieder daran denken, wie es früher zwischen ihnen beiden gewesen war. Sie vermisste diese Zeit. Das konnte doch nicht einfach alles vorbei sein! Insgeheim träumte Emma davon, dass sie sich mit Jakob wieder vertrug und er sie bei der geplanten Aktion ebenfalls unterstützte. Es wäre echt klasse, wenn alle helfen würden. Emma konnte sich vorstellen, dass sogar Melina mitmachen würde. Sie konnte zwar eine Schlange sein, aber wenn sie eine Möglichkeit hatte, sich für Tiere einzusetzen, nahm sie sie mit Sicherheit wahr.

Eine Woche vor der Demo, als Emma und Leon auch Frau Butenloh in ihre Idee eingeweiht hatten und diese freudestrahlend ihre Hilfe zugesagt hatte, entdeckte Emma Jakob, wie er nachdenklich auf der Bank bei den Sattelschweinen in der Sonne saß. Normalerweise saß er nie einfach nur so rum, sondern suchte sich eigentlich immer etwas, was er tun konnte.

Emma zögerte nicht lange. Sie marschierte entschlossen auf Jakob zu und setzte sich neben ihn, ganz so, als wäre nichts gewesen.

„Na?", fragte sie.

Jakob sah Emma an, als wäre sie ein mutierter Kürbis mit Armen und Beinen, der plötzlich gelernt hatte zu sprechen.

„Hi", entgegnete er unsicher.

„Hab ich dich beim Nachdenken gestört?", hakte Emma nach.

„Nö. Ich ruh mich nur kurz aus."

Hm. Das Gespräch kam nicht richtig in Gang, aber immerhin war es so eine Art Gespräch. Emma hatte nur eine Möglichkeit: Sie musste so direkt wie möglich sein. So wie es zurzeit zwischen Jakob und ihr lief, hatte sie ohnehin nicht viel zu verlieren. Emma nahm all ihren Mut zusammen und spulte die Worte ab, die sie sich für einen Moment wie diesen zurechtgelegt hatte.

„Also, Jakob, hör zu. Ich weiß nicht, was mit uns passiert ist, warum du sauer bist und mich sogar aus deinem Team geschmissen hast, aber mir geht es nicht gerade toll damit. Ich mochte es lieber so, wie es früher war, als wir noch alles bequatschen konnten."

Emmas Herz schlug ganz wild vor Aufregung, aber es tat gut, dass das schon mal raus war.

Es dauerte eine gefühlte Ewigkeit, bis Jakob antwortete. „Ja, ich fand es früher auch besser … Bevor Leon da war.“

Emma seufzte. „Ich kapier aber nicht, was Leon mit unserer Freundschaft zu tun hat!“

„Eine ganze Menge!“, rief Jakob enttäuscht und stand auf.

„Dann erklär es mir. Schließlich hast du mich in Leons Team getrieben, obwohl ich mich für dich entschieden hatte!“

Emma war auch aufgesprungen. Die beiden standen sich gegenüber und funkelten sich an. Das Sattelschwein Anton näherte sich interessiert dem Zaun und grunzte laut.

„Hey, Emma, wo bleibst du denn? Ach, hier bist du.“ Leon war hinter Emma und Jakob aufgetaucht und Emma wünschte sich, dass er die Situation erkannte und wieder verschwand. Er würde alles nur noch komplizierter machen.

Leider tat er Emma den Gefallen nicht. Er blieb einfach stehen und wartete ab. Das war doch nicht zu fassen! Auf Jakobs Stirn bildete sich eine Zornesfalte.

Was sollte Emma nur tun? Einerseits hatte sie die Möglichkeit, endlich die Situation zwischen Jakob und sich zu klären, andererseits war sie sich nicht sicher, ob das wirklich der richtige Zeitpunkt war – jetzt, wo auch noch Leon dazugekommen war. Da die Jungs sich aber nicht von der Stelle rührten, mussten sie eine Entscheidung treffen.

Soll Emma Leon wegschicken, um in Ruhe mit Jakob reden zu können? Dann lies weiter auf Seite 150.

Oder möchtest du, dass Emma die Jungs einfach stehen lässt und weggeht? Dann lies weiter auf Seite 147.

Ein absolutes Dreamteam

Emma genoss das Gefühl, dass die Demo, ihr erstes gemeinsames Projekt außerhalb der Arche, weiterhin Schwung und gute Laune ins Team brachte. Melina drückte Emma tagelang keinen Spruch rein, was ein neuer Rekord war. Emma hatte Leon dabei beobachtet, wie er im Vorbeigehen fröhlich mit den Schweinen geredet hatte. Und zwischen Jakob und Emma war alles wieder wie früher. Na ja, bis auf vereinzelte Momente, wenn Leon Emma neckte und die beiden gemeinsam lachten. Das gefiel Jakob überhaupt nicht. Trotzdem rissen sich die beiden Jungs zusammen und gingen relativ freundlich miteinander um.

Am Abend vor der Aktion tauschten sich Emma, Jakob, Leon und Melina noch mal in der neu gegründeten WhatsApp-Gruppe „Ein Herz für Schweine"

aus. Vor Aufregung konnte keiner von ihnen ein Auge zumachen.
Jakob: `Was ist denn nun das endgültige Motto für morgen, Melina?`
Melina: `„Interessiert kein Schwein? Kann doch nicht sein!" Das hab ich auch auf alle Fahnen geschrieben, mir tut noch immer die Hand weh. Also, wenn ihr die morgen nicht schwenkt, gibt es Ärger.`
Emma: `Werde schwenken wie wild. Gefällt mir, der Slogan!`
Leon: `Wie wäre es, wenn wir jetzt schlafen, um morgen fit zu sein?`
Jakob: `Okay, einer muss ja den Vernünftigen spielen.`
Leon: `Genau! Morgen werdet ihr mir danken. ;-)`
Melina: `Also, bis dann, und zwar pünktlich.`
Emma: `Ist doch klar. Gute Nacht!`
Danach schrieb keiner mehr etwas, doch Emma konnte trotzdem noch nicht einschlafen. Nach einer Weile las sie sich den Chat noch mal durch und musste lächeln. `Ihr seid toll,` fügte sie noch hinzu, aber die anderen schienen bereits zu schlafen. Jedenfalls kam keine Antwort mehr.

Wenn es nach Emma gegangen wäre, hätte sie die Schule an diesem für sie so wichtigen Freitag ausfallen lassen. Das sa-

hen ihre Eltern aber natürlich ganz anders. Also ließ sie den Unterricht über sich ergehen, bis es endlich zum Schulschluss läutete und sie zum Fahrradständer rasen konnte.
Emma fuhr direkt zur Arche und obwohl sie superpünktlich war, waren alle anderen schon da. Melina reichte Frau Butenloh gerade eine Handvoll Fahnen. Jakob versuchte krampfhaft, Gisbert etwas zu entreißen – wahrscheinlich hatte sich der Ziegenbock eine Fahne geschnappt, um ein bisschen auf dem Motto herumzukauen. Leon hielt sich in gebührendem Abstand von Gisbert und sortierte stapelweise Flugblätter. In der Nähe stand ein großer Bollerwagen, auf dem mit Juteseilen die Teile des Standes festgebunden waren.
„Da bist du ja endlich!“, rief Melina Emma entgegen, allerdings zwinkerte sie dabei und lächelte.
Die Stimmung war so ausgelassen, als würden sie in den Urlaub fahren. Frau Butenloh baute sich vor der Gruppe auf. „Ihr Lieben, egal, was wir gleich erleben und bewirken werden – ich bin unendlich stolz auf euch und auf euren Einsatz! Also dann, los geht's!“
Sie schnappte sich die Deichsel des schweren Wagens, Leon packte mit an. Jakob und Emma schoben von hinten und Melina sicherte die Seiten ab, damit nichts herunterrutschte. Dabei schaffte sie es, drei kleine Fahnen gleichzeitig zu schwenken.
Auf einem kleinen Platz vor der Baustelle, auf der bereits ein Gewusel wie auf einem Ameisenhaufen herrschte, bauten

sie den Stand zusammen, hingen die Plakate daran auf und stellten sich mit den Flugblättern zur Straße hin, damit so viele Passanten wie möglich auf sie aufmerksam wurden.
Erst schien es so, als würde gerade an diesem Tag kaum jemand unterwegs sein, doch dann kamen die Leute sogar teilweise grüppchenweise vorbei. Es war eine bunte Mischung aus Familien, die im Wohngebiet hinter der Baustelle wohnten, Schaulustigen und Spaziergängern.
Frau Butenloh informierte die Leute am Stand über das Vorgehen auf Schlachthöfen, Jakob überreichte jedem, der auch nur kurz stehen blieb, ein Flugblatt und erzählte kurz etwas über die Arbeit der Arche, Leon ließ seinen Charme spielen und belebte das Geschehen mit seinem Lächeln und Melina rief immer wieder mutig ihren Slogan in die Welt: „Interessiert kein Schwein? Kann doch nicht sein!“ Dazu schwenkte sie ihre Fahnen, die sie auch fleißig verteilte. Emma hielt ein kleines Plakat mit Fotos aus Schlachtbetrieben in die Höhe, damit auch wirklich klar wurde, worum es hier ging.
Plötzlich kam ein älterer Mann auf sie zu und begann sofort, sie anzuschnauzen. „Was soll denn der Quatsch hier? So ist das eben! Soll die Alternative sein, dass wir alle kein Fleisch mehr essen, oder was? Warum geht ihr nicht einfach ins Schwimmbad, wie normale Jugendliche an so einem Tag!“
Emma kapierte nicht wirklich, was sein Problem war. Er hätte doch einfach weitergehen können, wenn ihn das Ganze

nicht interessierte. Der Mann sah so böse aus, dass sie kein Wort hervorbrachte. Ihr Herz begann wie wild zu schlagen.
Plötzlich tauchte Melina an Emmas Seite auf. Sie wandte sich an den Mann und sagte in ungewohnt sanftem Tonfall: „Ja, das wäre eine Alternative. Es gibt auch noch andere Möglichkeiten. Aber wenn Sie wissen wollen, warum wir hier stehen, nehmen Sie doch gerne eines unserer Flugblätter oder kommen Sie mit rüber an den Stand. Möchten Sie einen Eistee?"
Frau Butenloh, die gerade mit einer Frau diskutierte, blickte fragend in ihre Richtung. Mittlerweile hatten sich auch Jakob und Leon zu Emma und Melina gestellt. Jakob drückte dem verdatterten Mann ein Flugblatt in die Hand. Der warf einen Blick drauf, schüttelte den Kopf, warf es auf den Boden und stampfte davon.
Emmas Herzschlag beruhigte sich langsam wieder. Jakob stellte sich zwischen Melina und Emma und legte ihnen seine Arme über die Schultern. „Gut gemacht!", sagte er und grinste.
Die nächsten Stunden bestanden aus Gesprächen mit interessierten Leuten, von denen einige auch so viel Interesse an der Arche fanden, dass sie etwas Geld spenden oder eine Patenschaft für ein Tier übernehmen wollten. Manche konnten sich sogar vorstellen, selbst ehrenamtlich bei der Arche auszuhelfen. Emma war rundum glücklich. Nicht nur war die Demo ein voller Erfolg gewesen, auch hatte sie die an-

deren und sich noch nie so sehr als Team empfunden wie heute.

Auf dem Rückweg zur Arche unterhielt sich Melina angeregt mit Leon und Frau Butenloh, während Jakob schweigend neben Emma herging. Kurz bevor sie an der Hütte ankamen, gab er Emma ein Zeichen, stehen zu bleiben.

„Ach, übrigens", sagte er verlegen. „Du bist auch toll." Er strahlte, strich Emma kurz über den Rücken und machte sich dann daran, den Wagen zu entladen. Emma lief eine Welle warmen Glücks über den Rücken.

„Und jetzt wird gefeiert!", rief Frau Butenloh und holte ihre legendäre frische Limonade aus dem kleinen Kühlschrank im Büro.

Diesen Tag würde Emma nie mehr vergessen.

Ende

Keine Lust auf Zickerei

Nee, das war Emma echt zu blöd. Sie schaute noch mal von Jakobs starrem Blick zu Leon, der überhaupt nichts checkte, und ließ die beiden dann einfach stehen. Sollten die sich doch anzicken. Emma hatte keine Lust darauf, da in irgendwas hineingezogen zu werden.

Sie zog sich auf die Wiese hinter dem Stall zurück, setzte sich in den Schatten und dachte nach. Jakob war verletzt, sogar eifersüchtig wegen Leon. Aber wenn er sich nicht so bekloppt verhalten hätte, müsste er das gar nicht sein. Und Leon hatte nicht gerade Feingefühl bewiesen. Hätte er nicht einfach wieder verschwinden können? Mann, Jungs konnten echt so doof sein.

Emma atmete tief durch und wollte gerade wieder aufstehen, als Leon auf sie zusprintete. „Hier bist du! Mann, was ist denn mit Jakob los? Der hat ja ganz schön miese Laune."

„Ja, stimmt", murmelte Emma und ging in den Stall, um für die Lämmer Flip und Flop das nächste Fläschchen vorzubereiten.
Leon biss sich unruhig auf die Lippe. „Du bist aber auch nicht gerade gut drauf. Hab ich was falsch gemacht?"
„Ach, ist schon gut." Emma maß das Milchpulver ab und schüttete es in die Flasche. Dann goss sie warmes Wasser darauf und schüttelte das Ganze. Als die Lämmer das Geräusch hörten, sprangen sie auf und mähten herzzerreißend. „Ich bin gleich bei euch, ein bisschen Geduld! Ich brauche noch die zweite Flasche." Die Schafe mähten weiter und auch Leon ließ nicht locker.
„Wollen wir uns eigentlich noch mal treffen vor der Aktion?"
Emma hob den Kopf. „Ich dachte, wir könnten nachher mal die Flugblätter im Büro ausdrucken."
„Okay." Leon klang etwas enttäuscht. Er hatte offenbar eher an ein Treffen bei Emma zu Hause gedacht.

In der Zeit bis zur Demo schien Leon nicht mehr ganz so Feuer und Flamme für die Sache zu sein, dennoch half er bei allem, was anfiel. Jakob und Emma hatten nicht weiter über ihren Fast-Streit gesprochen, aber wenigstens hatten sie sich ein paarmal angelächelt, wenn auch nur während der Arbeit und meistens von Weitem. Wenn sich irgendwann wieder eine Möglichkeit ergab, würde Emma mit Jakob sprechen.

Sie würden schon wieder zusammenfinden, da war sie zuversichtlich. Vorerst konzentrierte sie sich aber auf ihre erste eigene Tierschutzaktion.

Um zu erfahren, wie die Geschichte ausgeht, lies weiter auf Seite 65.

Gute Laune ist ansteckend

Emma wandte sich an Leon. „Du, ich wollte gerade etwas mit Jakob besprechen. Könntest du uns bitte allein lassen? Ich komme gleich wieder rüber.“

Leon sah aus, als hätte ihm gerade jemand verboten, seine Lieblingsfernsehserie anzuschauen. Er drehte sich auf dem Absatz um und lief im Stechschritt zur anderen Seite des Hofes. Emma würde später mit ihm reden. Schade, dass er die Situation nicht von selbst erkannt hatte.

Jakobs Gesichtsausdruck hingegen hatte sich entspannt. „Danke“, flüsterte er.

Emma ging einen Schritt auf ihn zu. „Komm, wir setzen uns wieder, ja? Ich glaube, wir liefern gerade eine spannende Darbietung für die Schweine. Ist mal was anderes.“

Jakob grinste einen Moment lang, dann wurde sein Gesichtsausdruck wieder ernst. „Emma, sorry. Ich bin echt mies drauf in letzter Zeit."

„Ja, das bist du wohl. Mich würde interessieren, warum? Vor allem, wieso sprichst du hinter meinem Rücken mit Frau Butenloh, anstatt mit mir?"

Jakob schluckte. „Ich war sauer auf dich, wegen Leon und so, und dann hab ich überreagiert. Danach hab ich mich reingeritten in die Sache und konnte nicht mehr zurück, und du bist ja auch nicht mehr auf mich zugekommen."

„Doch, heute. Und das Ganze hat mich einfach genervt. Wie hättest du dich denn gefühlt, wenn ich dich hinter deinem Rücken aus dem Team geworfen hätte, für das du dich entschieden hast?"

Leila rannte aufgeregt vor dem Zaun auf und ab, als würde sie sagen wollen: „Nun vertragt euch endlich wieder!"

Jakob blickte schuldbewusst zu Boden. „Kann ich es wiedergutmachen? Ich hab das auch vermisst. Zeit mir dir zu verbringen, meine ich."

Emma musste nicht lange überlegen. „Ja, du könntest es wiedergutmachen, allerdings müsstest du dich dazu mit Leon vertragen. Ich hatte eine Idee, von der hätte ich dir gerne schon früher erzählt, aber wir haben ja nicht geredet. Ich brauchte aber dringend Helfer und deshalb habe ich Leon eingeweiht."

Jakob blickte drein, als hätte Emma ihm eine reingehauen.

„Nächsten Freitag wollen wir eine Demo veranstalten, wenn

der Grundstein für den neuen Schweineschlachthof hinten am Meinardiusweg gelegt werden soll. Frau Butenloh ist auch dabei. Bisher haben wir Flugblätter und Plakate entworfen. Und wenn du mitmachen würdest, könnten wir auch gleich noch Melina einweihen. Dann wäre es eine richtige Arche-Aktion."

Emma strahlte. Es gelang ihr, Jakob mit ihrer guten Laune anzustecken, auch wenn es ihn wurmte, dass Emma Leon vor ihm eingeweiht hatte.

„Klar bin ich dabei", sagte er. „Ich finde es auch schrecklich, dass die schon wieder so eine fiese Halle bauen. Hätte ich mir ja denken können, dass du etwas ausheckst."

„Cool, danke! Wir können jede Hilfe gebrauchen!" Emma stieß Jakob sanft in die Seite. „Endlich lächelst du auch mal wieder!"

Und da Emma gerade so in Fahrt war, ging sie nach dem Gespräch mit Jakob direkt zu Leon, der gerade die Boxen der Schafe ausmistete. „Tut mir leid, dass ich dich eben weggeschickt habe, aber es passte gerade nicht. Jakob und ich mussten noch etwas klären und dann habe ich Jakob von der Demo erzählt. Er wird auch dabei sein. Ist das nicht super?"

„Ach so, na dann." Leon vertiefte sich sofort wieder in seine Arbeit und fügte tonlos hinzu: „Ist ja nicht schlecht, wenn wir noch mehr Hilfe bekommen."

„Genau, und deshalb werde ich auch Melina fragen. Ich bin gleich wieder da und helfe dir mit dem Ausmisten."

Emma fand Melina bei den Eseln. Sie untersuchte gerade den Huf des alten Zwergesels Gregor, der seit gestern ein bisschen humpelte. Emma hatte schon länger nicht mehr allein mit Melina gesprochen. Sie setzte sich auf den Zaun der Eselkoppel und beobachtete Melina eine Weile, bis sie sich einen Ruck gab und sie ansprach. „Hey Melina, ich wollte dich etwas fragen."

Melina setzte vorsichtig Gregors Huf ab und sah sie verdutzt an. „Mich etwas fragen?" Sie kam zu Emma und schwang sich zu ihr auf den Zaun. Bisher hatte sie noch gar nichts Feindseliges von sich gegeben, was Emma sehr erstaunte.

„Und was?", fragte sie stattdessen.

„Ja, also, das ist so. Hast du nächsten Freitagnachmittag Zeit?"

„Ich glaub schon, wieso denn?"

„Da wollen wir eine kleine Tierschutzaktion veranstalten. Dort, wo der neue Schlachthof gebaut werden soll. Hast du davon schon gehört?"

„Na klar. Tierschutzaktion? Finde ich immer gut! Wer ist denn ‚wir'?"

„Eigentlich das ganze ehrenamtliche Archeteam, und Frau Butenloh ist auch mit von der Partie."

„Aha. War das deine Idee?"

„Mhm."

Melina grinste. Aber es war kein fieses Grinsen. „Ist gut. Ich bin dabei."

Heute war einfach ein richtig guter Tag. Emma, Jakob, Leon, Melina und Frau Butenloh trafen sich nach der Schicht in der Hütte, um zu besprechen, wer ab jetzt was übernehmen würde. Leon und Emma waren weiterhin für die Flugblätter zuständig, Jakob wollte an den Plakaten arbeiten, Melina Fahnen basteln und sich einen Slogan ausdenken. Frau Butenloh nahm den Papierkram in die Hand und wollte sich um den aufklappbaren Stand kümmern, der auf Vordermann gebracht werden musste.

Wie schön, dass alle an einem Strang ziehen. Da kann die Aktion ja nur ein voller Erfolg werden. Oder?
Lies weiter auf Seite 141.

Wer ist dein Traumtyp?

1. Welcher Style gefällt dir bei einem Jungen?

- ☐ Jeans, T-Shirt und Sneakers
- ☐ Hemd und Nerdbrille
- ☐ Modische Stoffhose und Pullover

2. Du gehst mit deinem Hund Gassi und triffst einen netten Typ. Über was redet ihr?

- ☐ Über die Schule, welche Interessen er hat und was er mal studieren möchte.
- ☐ Ach, das Thema ist eigentlich gar nicht so wichtig, aber er muss coole Sprüche und lustige Witze draufhaben.
- ☐ Wir brauchen ein bisschen, bis wir so richtig ins Gespräch finden, aber dann macht er mir viele Komplimente.

3. Wie stellst du dir das erste Date vor?

- ☐ Erst ein schöner Film im Kino und dann ab in ein Café, um sich darüber auszutauschen.
- ☐ Wir machen mit unseren Hunden einen langen Spaziergang am Flussufer.
- ☐ Vielleicht in den Kletterpark, das wäre doch cool!

4. Was macht dein Traumtyp in seiner Freizeit?

- ☐ Er liest sehr viel und ist in der Wissenschafts-AG aktiv.
- ☐ Er ist Kapitän der Fußballmannschaft und unternimmt gerne etwas mit seinen Jungs.
- ☐ Er arbeitet ehrenamtlich im Tierheim.

5. Welche Eigenschaften schätzt du an einem Jungen?

- ☐ Er muss treu und zuverlässig sein.
- ☐ Er muss was auf dem Kasten haben.
- ☐ Er muss selbstbewusst sein und mich zum Lachen bringen.

6. *Wie könntet ihr euch kennengelernt haben?*

- ☐ Bei einer Jugendfreizeit oder ganz zufällig im Park
- ☐ Auf einer Party oder durch gemeinsame Bekannte
- ☐ In der Bibliothek oder in der Schule

7. *Welches ist dein Lieblingstier?*

- ☐ Ich wollte schon immer einen sprechenden Papagei haben.
- ☐ Eine Katze passt am besten zu mir. Man kann mit ihr kuscheln, aber sie geht auch ihre eigenen Wege.
- ☐ Pferde natürlich! Ich bin jeden Nachmittag im Stall und reite aus.

8. *Wie begrüßt dich dein Schwarm?*

- ☐ Mit einem strahlenden Lächeln und einer lieben Umarmung
- ☐ Etwas unbeholfen, aber mit einem langen Blick in die Augen
- ☐ Er gibt mir ein Küsschen und bemerkt meine neue Frisur.

9. *Du möchtest mit deinen Freundinnen einen Flohmarkt machen, um Geld für Tiere in Not zu sammeln. Wie sollte dein Freund reagieren?*

- ☐ Ach schade, ich habe mich schon so auf unseren Nachmittag zu zweit gefreut!
- ☐ Super, ich wollte sowieso mit den Jungs Fußball spielen.
- ☐ Gute Idee. Ich schaue mal, was ich zum Verkaufen beisteuern kann. Und wir treffen uns dann einfach abends nach dem Flohmarkt.

10. *Ein superhübsches Mädchen läuft an euch vorbei. Wie reagiert dein Schwarm?*

- ☐ Er kann es sich nicht verkneifen, mal hinzugucken. Aber ihr könnt beide darüber lachen.
- ☐ Er bemerkt es gar nicht, weil er gerade mit seiner Wetter-App beschäftigt ist, um unseren Tag zu planen.
- ☐ Er versichert mir ohne hinzuschauen, dass ich das schönste Mädchen auf der Welt bin.

Ich habe

______ mal

______ mal

______ mal

Auswertung:

Hauptsächlich :

Du stehst auf selbstbewusste und humorvolle Jungs. Dein Schwarm muss dich zum Lachen bringen können und wissen, was er will. In einer Beziehung braucht jeder von euch seinen Freiraum und Zeit für sich. Das hält dich aber nicht davon ab, deinem Traumtyp offen zu zeigen, was für ein Mädchen in dir steckt!

Hauptsächlich :

Mit Sprüche klopfenden Typen kannst du nichts anfangen. Dein Traumtyp muss richtig was auf dem Kasten haben und intelligent sein. Schließlich will man sich in einer Beziehung ja gut unterhalten können. Doch euch verbinden nicht nur lange Gespräche. Wenn dir danach ist, lässt du gerne auch mal eine romantische Geste von ihm zu!

Hauptsächlich :

Dein Traumprinz trägt dich auf Händen und würde alles für dich tun – du bist seine Nummer 1. Mit romantischen Aktionen versüßt er dir das Leben Außerdem ist er sehr tierlieb. Ihr seid unzertrennlich und möchtet am liebsten den ganzen Tag lang zusammen sein. Wenn ihr beide so fühlt, steht einem Happy End nichts mehr im Weg!

100 % romantisch
100 % Girl-Power!

HIER BESTIMMST DU, WIE DIE GESCHICHTE WEITERGEHT!

Schlüpfe in die Haut deiner Heldin und erlebe eine Achterbahnfahrt der Gefühle. Spannend und unwiderstehlich romantisch – wie das wahre Leben!

HERZKLOPFEN IM DOPPELPACK

Sonja Bullen

Lovesong der 1000 Gefahren

Als an ihrer Schule eine Band gegründet wird, werden für Mia gleich zwei Träume wahr. Denn auch der süße Mats spielt mit! Sofort bewirbt Mia sich ebenfalls. Doch soll sie singen oder Gitarre spielen? Und was ist ihr wichtiger: die Musik oder Mats? Mia muss sich schnell entscheiden, denn auch Band-Rivalin Greta will sich in Mats' Herz singen ...

ISBN 978-3-473-**52616**-1

HCRTB_19_004

www.ravensburger.de

Ravensburger